わたしを決めつけないで

小林深雪
落合由佳
黒川裕子
大島恵真

講談社

わたしを決めつけないで

YA! アンソロジー

わたしを決めつけないで

女子力なんてない!

小林深雪

今日、わたしは学校でヘラヘラ笑ってた。

けど、ほんとは悲しかったんだ。

くやしかったんだ。

ものすごく傷ついていたんだ……。


「ひかり。おまえって、ほんとに女子力ないよな」

橋本純太《はしもとじゅんた》が言った。

わたし、桐山《きりやま》ひかりは、十四歳《さい》。区立中学の二年生。女子バスケ部。

十月の放課後。部活終わりに、片付けが終わって帰ろうとしたら、体育館のすみで男子バスケ部の連中に声をかけられた。

そしたら、いきなり純太にそう言われて、びっくりした。

「え？　女子力？」

「うん。その髪《かみ》さあ、もうちょっとなんとかしろよ」

わたしの髪はベリーショート。背も高いから、よく男子に間違《まちが》われる……。

「男みたいだぞ」

純太が怒《おこ》ったように言う。え？　な、なによ、急に。

「だよな～。オレも思ってた」

「オレも！　しかも、おしゃれじゃなくダサいショートだし」

ほかの男子まで口々に言い出した。

「サルっぽい」

同じクラスのグッさんこと、関口直樹《せきぐちなおき》がからかうように言う。

サル！　内心、かなり、むっとしたけど、わたしは平静を装《よそお》って、おちゃらけた。

「でしょ？　わたし、サル、大好きだもん。サル、目指してんだもん。ウキッウキッ！」

わたしがサルの真似《まね》をすると、男子たちがハデに笑いをクラッシュさせた。

「ぎゃははは！」

「サルそっくり！」

「ウケる！」

自分でやっておきながら、そこまで笑われると、ちょっぴり傷つく。女子力の低いわたしだって、一応、これでも女の子なんだからね！

なのに純太は目がマジだ。笑ってない。しかも、わたしのことを痛々しそうな表情で見てるんだよ。

え、やだよ。笑ってよ。どうしたの？

なんで、今日は、そんなにノリが悪いの？　なんで、急にそんなこと言い出すの？

純太、変だよ？

わたしは、ほんとの気持ちを見透《みす》かされているみたいでこわくなって、思わず、純太から目をそらす。

バスケ部は仲がいい。男女いっしょに練習することもあるし、放課後、寄り道をしたり、休みの日にみんなで遊びに行ったりもする。

ぎゃあぎゃあ騒《さわ》いで、男女関係なく軽口をたたき合う、楽しい仲間。

中でも純太はいちばん仲がいい。同じ小学校だったし、家も近い。今も同じクラスだから、よく話す。なのに、最近、純太が妙《みょう》によそよそしい。

しかも、女子力なんて、そんなこと初めて言われたから、びっくりした。

なんで？　なんで、そんなこと？

わたしがとまどっているのに、ほかの男子は、いつもの調子で盛り上がってる。

「ひかりの好きな食べ物知ってる？」

「知ってるって。焼き肉と米だろ？」

「ぎゃはは、野球部かよ！」

「ひかりって名前は、こしひかりからつけたらしいぜ」

「マジか！」

「違《ちが》うって！　でもさ、わたし、バスケじゃなくて、本当は野球部に入りたかったんだよね。野球が好きなのにうちの学校は女子は入れない。女子は甲子園《こうしえん》に出られないなんて差別だと思わない？」

わたしが笑いながら言うと、

「ひかりなら、野球部でも入れんじゃね？」

「オレたち、ひかりのこと、女だと思ったことないもんな」

「そうそう。少しは杏奈《あんな》を見習えよ！」

男子たちが口々に言った。

杏奈。水木《みずき》杏奈は同じクラスで、男子にいちばん人気のある女の子だ。

小柄《こがら》で茶色がかったロングヘア。キュートなアイドル顔で、持っているものも、しぐさもいちいち愛らしい。性格は、はっきり言って、ものすごいぶりっ子。

つまり、なにもかも、わたしとは正反対。

「杏奈なんかさあ、かわいいんだぜえ。『好きな食べ物なに?』って聞いたらさあ。小首をかしげて『ええ? 杏奈、迷っちゃう。う〜ん、フルーツパフェかな』だって」

グッさんが、杏奈の口真似《くちまね》をした。

「ひゃあ。女子!」

「かわいい〜」

「え〜! わたしだって、パフェは好きだよ!」

言い返すと、

「げえ。ひかりには似合わねえ!」

みんながゲラゲラ笑うんだよ。

「え! なにそれ? 杏奈を見習えって言ったじゃん! それって、結局、見た目ってことじゃん! 外見で区別してるだけじゃない!」

「まあまあ。だからさ。まずは、髪《かみ》を伸《の》ばすところから始めてみたら?」

「そんな男みたいな頭じゃ、一生、彼氏《かれし》なんてできないし、モテないぞ?」

「いいよ。できなくたって! モテなくたって!」

「だから、そういうところが、ひかりはかわいくないんだよ……」

純太がボソッと言った。

――かわいくない。

その言葉が針みたいに、心の奥《おく》のいちばん柔《やわ》らかい部分に、ブスリと突《つ》き刺《さ》さって、一瞬《いっしゅん》、息ができなくなった。

でも、男子にからかわれたからって、傷ついたところなんか見せたくない。絶対に。

だって、それこそ、わたしには似合わないでしょ？

だから、わたしは、ヘラヘラ笑うしかないんだ……。

でも、やだ。なんだか、ふいに泣きそうになって、グッと歯を食いしばる。

「ひかりより、男の塚《つか》ちゃんのほうがかわいいもんな」

グッさんが笑う。

「そういや、あいつ、二学期になってから学校に来てないよな」

「ああ。不登校ってやつ？」

「塚ちゃん、どうしてるのかな？」

塚田《つかだ》くん、塚ちゃんっていうのは、同じクラスのおとなしい男の子。

ほっそりとしていて小柄《こがら》で、色白で、それこそ女の子みたいにかわいい顔をしている。

中性的って言うの？　声がわりもまだしてないのか、声も高い。

そのことで、いつも男子にすごくからかわれてた。そのせいか、二学期になってから、一度も学校に来ていない。

「それってさ、グッさんたちが、いじめたからでしょ？　オネエとか言って！」

わたしがグッさんをにらむと、

「いじめてないって！　オレらは、ちょっとからかっただけだって！」

「ちょっとからかったつもりでも、からかわれた本人は、すごく傷つくこともあるんだよ！」

そうだよ。今、わたしだって、傷ついてるんだからね。

「違《ちが》うって。あれは、後藤田《ごとうだ》のせいだって。あいつ、塚ちゃんに厳しすぎるじゃん」

担任の後藤田先生って、四十代の熱血体育教師なんだ。で、ことさら男とか女とか言い立てるんだよね。二言目には、「それでも男か！」「男なら、ぐずぐず言うな！」とかすぐ言うんだ。

「男は強く、たくましく。女は優《やさ》しく、おしとやかに」「女子は良妻賢母《りょうさいけんぼ》を目指せ」とかね。

あの時も、ひどかったなあ。一学期の終わり、給食を残した塚ちゃんに、

「男のくせに、それくらい食べられないのか！」

って、昼休みの教室に居残りさせて、食べ終わるまで、あまりにもネチネチ言うんだよ。だから、わたし、思わず、

「先生、それ男女は関係ないと思います！」

って、言っちゃったんだよね。あの時の、先生の不愉快《ふゆかい》そうな顔が忘れられない。

あれから、わたしも、先生には目をつけられてる。

クラスでお笑いのモノマネとかして、ワイワイ騒《さわ》いでると、

「桐山！　もっと女らしく、おしとやかにしなさい！　みっともない！」

って、すぐ注意されちゃうんだもん。

ああ、やだ。すごく苦手だ。女らしくって、押《お》しつけられるのがイヤだ。

なのに、純太まで女子力って……。なんだか、ショックだな。

でも、ほんと。塚ちゃん、どうしてるのかな？　そんなに話したことはないけど、このままじゃいけないような気がする。

男子たちには期待できそうもないし、今度、家にでも行ってみようかな……。って、お節介《せっかい》だろうか？

◆

「男子って、なんで、杏奈みたいなのが、いいんだろうね」

ため息をつきながら、高木小春《たかぎこはる》が言った。

秋になって、どんどん日が短くなってきてる。涼《すず》しい風に乗って、金木犀《きんもくせい》の甘《あま》い香《かお》りが運ばれてくる。

帰り道、男子と別れて、同じバスケ部の小春と二人きりになったとたん、小春がグチった。

「杏奈って、男子の前でだけぶりぶりしちゃってさ。女子の前じゃ態度が違《ちが》うよね？」

「まあ、顔がかわいいからね。甘え上手だし、モテるのは、しょうがないよね」

わたしは言葉を選びながら言った。悪口を言うのは好きじゃないし、杏奈に嫉妬《しっと》してるなんて、思われたくなかった。

「でもさ、杏奈と純太がつき合うってウワサあるよ」

「え？　ウソ！」

思いもよらない小春の言葉に、心臓が止まりそうになった。

「え？　いつの間に⁉　あの二人って、親しかったっけ？」

「杏奈がすごくアプローチしてるらしいよ」

ウソ。そんな……。杏奈ってモテるのに、純太ねらいだったの？

「ねえ、ひかりはいいの？　純太が杏奈とつき合っても」

「え。べ、別に」

そう言いながら、わたし、動揺《どうよう》してた。みっともないほど、ものすごく。

「ひかり、純太と仲いいじゃない。わたしは、二人がつき合えばいいのにって思ってたんだよ」

小春の言葉に、わたしは、必死で平静を装《よそお》いながら言う。

「そ、そういうんじゃないし。あいつは仲間って感じだし」

「ほんとに？」

「……うん。それに、杏奈ってかわいいし。わたしと杏奈だったら、全員が杏奈を選ぶよ」

「そんなことないよ！　ひかりは明るくて楽しくて、性格もいいし、友達思いで優《やさ》しいし。成績もいいし、バスケもうまいし、自慢《じまん》の友達だよ！」

「小春、ありがとう」

胸がじいんとした。友情を感じる。

「なんか、つまんなくない？　純太が、ああいうタイプとつき合ったら。はにかんだり、かわい子ぶったり、男って、そういうのが好きだよね。なんかげんなりする」

「そうか。それで、純太のやつ、急に女子力とか髪型《かみがた》とか言い出したのか。彼女《かのじょ》ができて、変わっちゃったんだね……」

なんだか、純太だけ、先に大人になっちゃうみたいで寂《さび》しいよ。

わたしが、ため息をつくと小春が言った。

「でもさあ、純太の言う、女子力って、なんなんだろうね？」

「……だから、杏奈みたいなかわいいルックスで、アイドルみたいにフリフリひらひらの服が似合って、優《やさ》しくおしとやかで、あと、家事が得意で……」

「なんで、家事が得意も女子力なんだろうね？　うちじゃ、お兄ちゃんは料理の手伝いをしろって言われないんだ。わたしだけだよ？　ずるくない？」

「あ、うちもだよ。弟には言わないもん。家事の手伝いって、姉のわたしばっかりだ。料理に、掃除《そうじ》に洗濯《せんたく》に裁縫《さいほう》。わたしとお母さんでやってる。お父さんは全くやらない」

「うちも。は〜。女ってソンだよね〜」

「ほんとだよ。どうして、女だからって、家事が上手じゃなきゃいけないんだろ？」

「それな！　プロの料理人とか、洋服のデザイナーって、男もいっぱいいるのに」

「でしょ？　それに、男と女って、そんなに違《ちが》うのかなあ？　同じ人間じゃん」

わたしが言うと、小春が少し考えてから言った。

「でもさ〜。同じような気もするし、ぜんぜん違うような気もするよ」

「え？　違う？　どの辺が？」

「ほら、まず、体が違うでしょ？　男は子どもを産めない」

「ああ、そういうことか。まあ、体は違うかもしれないけどさぁ」

「とにかく、純太には、がっかりだよ！　あいつは、見所があると思ってたんだけどなあ」

「うん……」

わたしだって、そう思ってたよ。

あいつは、見た目とか女子力とかじゃなくて、内面で、心で、人を好きになってくれるやつだって、ずっと思っていたんだ。

なのに、たいして話したこともない杏奈に告白されたら、かわいいってだけでつき合うんだ。

だから、こんなに、ショックなんだよ。

◆

あ～あ。まさか、純太に女子力がないと言われるとは思っていなかった。

なんだよ。純太のやつ。小学校まではチビだったのに、中学でバスケを始めたら、急に背がぐんぐん伸《の》びて、なぜかモテるようになっちゃってさ。

そういや、最近、急におしゃれになったもんな。

髪《かみ》だって、こじゃれたヘアサロンで切ってるらしい。色気づいちゃってさあ。あ、そうか。杏奈に恋《こい》しているからなのか。

本当に知らなかった。なんで、バスケ部の連中も、なにも言ってくれないんだろ。水くさいじゃん。

純太、本当に杏奈とつき合うのかな？　そしたら、バスケ部の集まりにも、もう来ないのかな。純太が来ないなら、遊びに行ってもつまんないな。

杏奈がモテるのは別にかまわない。正直、好きじゃないけど、モテるのだってわかる。

でも、問題は純太なんだよ。

いつも冗談《じょうだん》言い合って笑った。バスケ以外の野球やサッカー、テニスの話でも盛り上がった。好きな選手もいつもいっしょで、好きなゲームやドラマや映画や漫画《まんが》もいつだって同じで、気が合ってるんだって信じてた。

そして、心のどこかでほんの少し期待してた。

「ひかりと話すの、すげえ楽しい。いちばん気が合う！」

いつも言ってくれていたじゃない。

だから、わたしは、純太にとって特別なんだって思ってたんだよ。

でも、違《ちが》うんだ。

ねえ、純太、わたしが、男の子みたいな見た目だから、なにを言っても傷つかないとでも思ってるの？　違うよ。わたしだって傷つくんだよ。表に出さないだけだよ。

女子力がないとかダサいとかサルみたいとか言われたら、やっぱりショックだよ。

杏奈みたいに「え～、やだあ。うそ～」って甘《あま》えた口調で言ってれば、女の子として認めてくれるの？　わざとらしくても、ウソでも、女の子っぽくふるまうほうがいいの？

長いつき合いなのに、こんなに仲よくしてきたのに、女の子として意識してくれたこともないんだね。そうか。むしろ、わたしなんかが好きだったら迷惑《めいわく》なんだろうな……。

わたしはそういうことを言い出さないから、気楽につき合えるんだよね。

わたしは、バスケ部の仲間として、友達として、純太と遊んでいられるのが楽しかった。嬉《うれ》しかった。誇《ほこ》らしかった。心が通じ合っていると思ってた。

でも、それは、わたしの一方的な思いこみだった。

結局、純太も杏奈みたいな女の子がいいんだよね。

涙《なみだ》で視界がゆがんでいく。

純太は、わたしの心の奥《おく》に、小さな恋《こい》の芽が育っていることなんて、考えたこともないんだよね？　なんだか、みじめだよ。

◆

「ただいま！」

「ひかり、おかえり！」

「お姉ちゃん、おかえりなさい」

家に帰ると、リビングから、お母さんと弟の声がした。

玄関《げんかん》の姿見の前に立って、欠点だらけの自分に見入る。

どこからどう見ても、さえない中学生。大柄《おおがら》、ベリーショートで、男っぽい。いや、ほんとにサルっぽい。ゲジゲジ眉《まゆ》。大きな口。

でも、しょうがないじゃん。十四歳《さい》は忙《いそが》しいんだよ！

学校と家の往復。部活やってヘトヘトに疲《つか》れて、宿題、予習復習、テスト勉強、人気のテレビドラマだって見ないとクラスで話が合わないし、漫画《まんが》も読みたいし、ゲームもしたい。友達とSNSもしなきゃだし、ネットもチェックしなきゃだし、そうすると、あっという間に一日が終わっていく。

その上、女子力を上げろって？　もうカンベンしてよ！　無理！

もっとかわいくなれ。もっとおしゃれしろ。料理もお裁縫《さいほう》も掃除《そうじ》も洗濯《せんたく》もうまくなれ。もっともっと。

テレビでもネットでも雑誌でも、みんなが、わたしたちを責め立ててくる。

その上、純太までなんて最悪だ。

「ああ！　もう、いや‼」

わたしは、勉強も部活も、がんばってる。悪いことだってしてない。列に割りこんだりしないし、電車やバスではお年寄りに席をゆずるし、落とし物を拾ったら交番に届けるよ。真面目《まじめ》に生きてるよ。みんなに親切にしたいと思ってる。困ってる人を見たら助けるよ。

だから、女子力がなくても、見逃《みのが》してよ。

かわいくないからって、落ちこみたくはないし、自分を嫌《きら》いになりたくないいんだよ。

そう、そういう時、わたしには、自分に唱える魔法《まほう》の呪文《じゅもん》がある。

「今の自分は世を忍《しの》ぶ仮の姿なのだ！」

とにかく、大人になるまでの我慢《がまん》だ。

大人になったら、おしゃれすればいい。大人になったら、メイクもうまくなって、美女に大変身してやる。美しい色のドレスも選べるようになる。

そして、いつか恋《こい》だってするだろう。人気映画みたいなね。

その時、ふいに純太の顔が頭に浮《う》かんで、わたしはプルプルと首を振《ふ》った。

純太は杏奈みたいな、ああいうロングヘアが好きなのか。

じゃあ、髪《かみ》を伸《の》ばしてみようかな……。でも、髪を伸ばしたら、お手入れが大変だよね。シャンプーもブローも大変だし、杏奈なんか、毎朝毎朝、早起きして、しっかり髪《かみ》をアレンジしてきて、よくやるよと思う。

ああ、もうやだ！　女子力ってなに？

わたしは、自分の部屋に戻《もど》って、制服からトレーナーとジーンズに着替《きが》えると、ノートを広げて、思いつくままに箇条書《かじょうが》きにしてみた。

女子力とは？

料理やお菓子《かし》作りが得意。

ボタンつけとか裁縫《さいほう》が得意。

ピンクや赤、パステルカラーなどが好き。

リボンやレースやフリルが似合う。

ケーキやパフェなど甘《あま》いものが好き。

子どもに優《やさ》しい。

気がきく。

言葉遣《ことばづか》いが上品。

そこまで書いて、よくわからなくなってきた。

でもさあ、これ、別に男子でもよくない？

男子だって甘《あま》いもん好きでもよくない？

赤やピンクが好きでもよくない？

テレビに出てるアイドルとか、フィギュアスケート男子とか、王子さまみたいなひらひらしたブラウスやキラッキラの衣装《いしょう》がよく似合ってて素敵《すてき》だぞ。料理上手な男子はモテるし。

ねえ、これって好みの問題じゃないの？　個人の問題じゃないの？

本人が好きだと思うなら、本当はなんだっていいんじゃないの？

そうだよ。おかしくない？　わたし、ずっと思ってたんだ。

なんで、男子はパイロットで、女子はキャビンアテンダントになる人が多いんだろって？

わたしなら、断然、パイロットだな。飛行機の操縦をしてみたい！

ああ、なんで、これを言い返せなかったんだろう。

純太やバスケ部の連中に意見できず、ヘラヘラ笑ってた自分がくやしい。情けない。

むしゃくしゃする！　その時、お腹《なか》がぐうっと鳴った。ああ、空腹のせいかも。

部活終わりって、お腹がすいてすいて、仕方ないんだよね。

「なんか食べよ！」

キッチンへ行って、冷蔵庫をのぞく。

「あ！　わたしのプリンがない！　のんちゃん！　わたしのプリン知らな……」

リビングのソファーに座《すわ》ってる弟のほうを見ると、ちょうど、プリンを食べ終わるところだった。

「それ、わたしのじゃない！」

「いいじゃん。ケチ！」

「よくない！　わたしがおこづかいで買ったんだよ。サインペンで名前が書いてあったでしょ？」

「お姉ちゃん、太ったよね？　だから食べてあげたんだよ。お腹《なか》の肉、つまめるよ」

「のぞみ！」

わたしはパシッと弟の頭をたたく。

「うわあああん」

のんちゃんが泣き出した。弟の名前は、のぞみ。小学三年生。愛称《あいしょう》、のんちゃん。

わたしたち姉弟《してい》の名前は、ひかりとのぞみ。それもごていねいに、ひらがなで。

そう、うちのお父さんとお母さんは鉄オタ、鉄道オタク。同じ趣味《しゅみ》がきっかけで結婚《けっこん》したんだよね。

それで、子どもに新幹線の名前をつけたんだよ。

だから、ひかりは断じて、こしひかりではないのだよ。バスケ部の男子諸君！

でも、この名前のおかげで、新幹線って、ずいぶんからかわれてきた。

ちなみに、うちで飼っているハムスターの名前は、こだまです……。

「ママ！　お姉ちゃんがぶった！」

「ひかり！　なんで、のんちゃんを泣かすのよ！」

ベランダから洗濯物《せんたくもの》を取りこんできたお母さんが、わたしを怒鳴《どな》った。

「なんでひかりは、こうなの？　お姉さんでしょ！」

お母さんがわめく。

「もっとお姉さんらしくしなさい！　女の子らしくしなさい！」

「げえ」

また、女の子らしく？　その言葉を、いやっていうほど聞かされてきた。

ねえ、「らしく」ってなに？　女の子らしく。お姉さんらしく。子どもらしく。中学生らしく。

お母さんや先生から、バスケ部の仲間から責められる「らしく」が、息苦しい。

わたしはわたし。自分らしく、わたしらしくいたい。

でも、十四歳《さい》になったら、もうそれじゃ、いけないんだろうか？

◆

「ねえ、ひかりん」

翌朝、登校すると教室前の廊下《ろうか》で、杏奈に声をかけられた。めずらしい。

しかも、勝手に、ひかりんとか呼んでるよ……。ほとんど話したこともないのに。

「あのね。お願いがあるの」

潤《うる》んだような瞳《ひとみ》で、わたしを見上げてくる。

ああ、たしかにかわいいよ。アイドル顔。大きな瞳。長いまつ毛。ほっそりとした白い指に柔《やわ》らかそうな髪《かみ》。そりゃあ、モテるはずだ。純太だって、イチコロだよね。

でも、わざとらしい仕ぐさや甘《あま》えたようなしゃべり方が、どうにも演技っぽくて苦手なんだ。

「なに、お願いって？」

わたしは、気持ちを抑《おさ》えて、さばさばと言った。

「あのね。純太くんと仲よくしないでほしいの」

「え！　どうして？」

どくんと、心臓が音を立てる。

「いやだから」

「え？　いやって言われても。同じバスケ部だし、話すことくらいあるよ」

「でも、わたし、純太くんが好きなの。お願いね！　ひかりん」

そう言うと、杏奈は、スカートを翻《ひるがえ》して、さっと教室に入っていった。

あっけにとられて、びっくりして、わたしはなにも言い返せなかった。

なに、あの独占欲《どくせんよく》？


フリースローしたボールが、ゴールのリングに跳《は》ね返《かえ》って落ちた。

放課後の体育館。部活終わりに、一人残って練習してた。

もう一度、フリースロー。ガコン。また、失敗。

あ〜あ、調子悪い。ボールが、コロコロと体育館のすみに転がっていく。

「へったくそ！」

純太だった。ボールを拾ってる。ピリッと胸が痛くなる。わたしは無言で純太に背を向ける。

「え？　あ、おい、ひかり。こしひかり！　新幹線！　無視すんなよ！」

振《ふ》り向《む》くもんか。

「ぴかり。ぴーちゃん。ピカチュウ！」

「わたしはピカチュウじゃない！」

あ、つい、振り向いて返事をしてしまった。

「いいか？　シュートはこう」

純太が拾ったボールをダンダンッとドリブルすると、お手本のために、さっと両手でロングシュートして見せてくれた。男子は片手でシュートするけど、女子は両手なんだよね。こんなところにも男女の差があるんだな……。

ザシュ！　ボールがネットに吸いこまれる。

わあ、うまいなあ。今、一瞬《いっしゅん》、純太に見とれてしまった。いかん、いかん。

「ひかり、なんで無視すんだよ？　今日一日、オレのこと避《さ》けてただろ？」

「だって、純太と仲よくしないでって頼《たの》まれたんだもん」

「え？　誰《だれ》に？」

「純太のハニーに」

「なんだよハニーって？」

「杏奈だよ」

「え。あいつそんなこと言ったのか」

純太の顔がさっと赤くなって、少しだけ沈黙《ちんもく》が流れる。

あいつ、だって。ずいぶん親しげじゃない。そう気がついて、わたしのハートがきしむ。

「つき合ってるんだって？」

「あ、いや。っていうか告白されて、まだ返事はしてない……」

女の子のことでテレている純太を見るなんて初めてだ。なんだか知らない男の子を見ているみたい。こんな純太を見たくなかったな……。

「純太、やるね。モテるう」

わたしがからかうと、純太が言った。

「……ひかりはオレと杏奈がつき合ってもいいのかよ?」

え? それ、どういう意味?

「い、いいに決まってるでしょ? 純太なんかを好きになるなんて、杏奈も物好きだよね」

つい、いつもの調子で憎《にく》まれ口《ぐち》をたたいてしまう。違《ちが》う。そんなこと言いたいんじゃないのに。

「ほんとによかったじゃん!」

わたしは、笑顔《えがお》でそう言うと、純太に背を向ける。

ああ、純太が言ったこと当たってる。

本当に、わたしって、かわいくない。

◆

それから、部活の後、体育館の前で杏奈が待っていることが増えた。純太だけ別行動が増えた。

「じゃ、お先！」

純太と杏奈が二人で帰っていく。

「やるねえ、純太」

「マジで、つき合い出したんだ」

「うらやまし〜。杏奈、かわいいもんなあ」

なんだよ。迷ってるふうなことを言っていたくせに、ちゃっかりつき合ってるんだ。しかも、いっしょに帰るんだね。二人の背中を見送りながら、心に冷たい風が通り過ぎていく。

「オレも彼女《かのじょ》、ほしいな〜」

グッさんがわたしの頭を小突《こづ》く。

「ひかりも早く、彼女、見つけろよ」

「彼氏《かれし》でしょ！　そこは」

「え？　おまえ、女だっけ？」

「あははは」

大口開けて笑いながら、わたし、心の中では傷ついてる。

誰《だれ》も知らない。わたしが、泣きたいほど落ちこんでいることなんて、誰も気がつかない。

いつも演技してる。笑ったふり。いつも、みんなの前でおちゃらけてる。

ほんとは胸が痛いよ。泣きそうになって、グッと歯を食いしばる。

わたしには、涙《なみだ》なんて似合わない。わたしは、かれんな弱々しい女の子じゃない。

女子力なんてない！

純太と友達じゃなければよかったな。同じクラスじゃなければ、同じ部活じゃなければよかった。こんなふうに近くにいたら、つらい。

遊園地でみんなで遊んでいたのに、気がついたら、いつの間にか、みんながいなくなって、一人だけ取り残されたような気分だよ。

もう、わたしたちは子どものままじゃいられないの？　男の子も女の子も関係なく、ワイワイ遊んでいたころには、もう戻《もど》れないの？

大人になるっていうことは、性別を意識しなくちゃいけないってこと？

女子力をつけないと、この先の人生を渡《わた》っていけないの？

ねえ、わたし、どうしたらいいんだろう？

「ひかりん。やっとわかった？　わたしは、にこにこしてるだけで男の子が親切にしてくれるのよ。だから、女子力が高いほうが得でしょ？」

杏奈のニヤリとした笑顔《えがお》で、目が覚めた。

「うわあ！」

わたしは飛び起きる。ああ、やだやだ。イヤな夢を見た。

十一月の日曜日。両親は仲よく二人で出かけていった。新しい観光列車に乗るんだって。鉄オタの結束は固い。小春も家族と出かけるとかで留守。

「のんちゃん、いっしょに買い物に行かない？」

仕方なく、リビングでゲームをやっている弟を誘《さそ》ってみる。

「行かない。午後から用事あるもん」

「へえ？　なに？」

「デート」

「デート⁉」

「うん。ヒマリちゃんがぼくのこと好きなんだって」

「ええ⁉」

わたし、動揺《どうよう》してしまう。

「ヒマリちゃんってどんな子？」

「すっごくかわいいよ。お菓子《かし》作りが上手で、リボンがよく似合って、優《やさ》しいし」

「へえ……女子力高いってやつ？」

「そう。ねえ、お姉ちゃんも、そんなくすんだ色の服ばっかり着ないで、もっとキレイな色の服を着れば？　あと、制服以外でスカートをはいてるとこを見たことないけど、持ってないの？」

わたしは明るいかわいい色が苦手で、いつもモノトーンかグレイやカーキのくすんだ色のトレーナーやシャツばかり着ている。それにパンツを合わせ、足元はスニーカーが定番だ。

「お姉ちゃん、ヒマなら新しい洋服でも買いに行ったら？　女の子っぽいやつ」

女の子っぽい？　まさか、弟にまで言われるとは、ショックだ。


それにしても小学三年のくせに、デートなんて生意気な！　わたしだって、したことないぞ。

ああ、やっぱり、このままじゃダメなのかなあ……。

わたしは、のんちゃんが出かけてから家を出てバスに乗り、よく家族と買い物をする駅ビルに行った。

そうだよ。挑戦《ちょうせん》だ！

そう自分に言い聞かせて、入ったことのないガーリー系の服屋さんに入ってみる。

キャンディみたいに色とりどりの甘《あま》い感じの服が、並んでいる。

わたしは、ピンク色のワンピースを手に取ってみる。

「そのワンピース、かわいいですよね？　試着してみませんか？」

長い髪《かみ》のおしゃれな店員さんが、にこやかに声をかけてきた。

「え？　いいんですか？」

「もちろんですよ」

「でも、わたしじゃ似合いませんよね？」

「そんなことないですよ。背が高くてスタイルがいいから、どんなお洋服も着こなせますよ」

「え？　本当ですか？」

「こういう甘い服は、ボーイッシュな方が着たほうが映《は》えるんですよ」

その言葉に背中を押《お》されて、フィッティングルームで、そのワンピースを試着してみた。

うわっ。悲しいことに、まるで似合わない。

鏡を見て、心底、ゾッとした。わたし、女装してるみたいだ。

やっぱり、無理するのはやめよう……。

あ〜あ。なに、試着なんかしているんだろ？　営業トークを真に受けちゃって。

なんだか、杏奈に負けたみたいな気がする。杏奈のことを苦手って思っていたのは、もしかして嫉妬《しっと》だったんだろうか？

自分にないものを持ってる杏奈が、純太とつき合ってる杏奈が、うらやましかっただけなんだろうか？　わたしは、本当は杏奈みたいになりたいんだろうか？

ああいうアイドル顔に生まれていたら、こんな服を着て、自分もぶりっ子の一つもやってるんだろうか？

「すみません。これ似合いませんでした」

わたしはフィッティングルームを出て、伏《ふ》し目《め》がちに店員さんにワンピースを返した。

「わあ、よくお似合いですよ！」

別の店員さんの弾《はず》んだ声がして、ふと横を見ると、となりのフィッティングルームからフリフリのピンクのブラウスを着た女の子が出てきた。

黒いショートボブに色白の美少女だった。ほっそりした首筋。赤い唇《くちびる》。下はスカートでなく、ジーンズだけど、それに甘《あま》めのブラウスを合わせているところがセンスいいと思った。

うわあ。かわいい！　ピンクはこういう女の子が似合う服なんだよね。し、失礼しました！

思わず見とれていると、その女の子がわたしのほうを見て、目が合った。

「あれ？　桐山さん！」

美少女がびっくりして、目を丸くした。

「ん？」

知り合い？　わたしは、まじまじとその美少女を見て、叫《さけ》んだ。

「あ〜！　塚ちゃん！」

同じクラスで、二学期になってからずっと学校に来ていない、あの不登校の塚田くんだった。

わたしも女装しているみたいだったけど、こっちは本物の女装だった！　きゃ〜！

そ、そ、そうだったのか。そういう趣味《しゅみ》だったのか。見てはいけないものを見ちゃったような気がして、ドギマギ目をそらしながら言った。

「つ、塚ちゃん、元気？」

「あ、はい。まあ」

「あのさあ、時間ある？」

「あるけど」

「ちょっと話さない？」

「割引券あるから、ここにしない？」

この駅ビルに来ると、いつも家族と入るドーナツ屋さんに入った。

ドーナツとコーヒーを買って、席に着く。

「嬉《うれ》しい。甘《あま》いもの好きなんだ」

塚ちゃんが、ハッと気がついて恥《は》ずかしそうに顔を赤らめた。

「やだ。今、男なのにって思った？」

「ううん。そんなこと思わないよ。わたしもお肉とごはんが好きで野球部かよとか、からかわれるし」

「本当？　よかった。ぼくも、『男子なのに甘いものが好きなんてキモい』って言われるから」

「それは、言うほうが悪い！　なに食べようと個人の好みじゃない？　男女とか関係なくない？」

「だよね！　やっぱり、桐山さんっていい人だ！　じゃあ、いただきます」

わたしは、ドーナツを幸せそうに食べている塚ちゃんをじっと見つめる。

塚ちゃんは、さっきのピンクのブラウスをお買い上げした。今はキレイなミントグリーンのカーディガンを着ていて、よく似合ってる。制服しか見たことがなかったから、なんだか新鮮《しんせん》。

「塚ちゃん、髪《かみ》が伸《の》びたね」

「うん。伸ばしてるんだ」

「わたしより長いね」

「うん。でも、桐山さんのベリーショートは、ぼく好きだな」

「え？　この髪型《かみがた》、変じゃない？」

「変じゃない。よく似合ってる。頭の形もいいし、かっこいいよ」

うわ。こんなふうにほめられたのが初めてで、わたし、感動してしまう。

「でも、わたし、こんなカッコだとモテないよね？」

「え？　モテとかどうでもよくない？　ボーイッシュで、よく似合ってるし、いいと思うよ。自分が着たい服を堂々と着ればいいよ。ぼくみたいに」

「ねえ、塚ちゃんってさ。あそこの店でよく服を買うの？」

言葉を選びながら、続けた。

「あのう、もしかして、それって……」

デリケートな問題だし、こんなこと聞いていいのかなあと思いつつ、切り出してみた。

「あはは、そういうんじゃないよ」

塚ちゃんが白い歯を見せて笑った。

「え？」

「あの店のファッションが好きなだけだよ。体型的にもサイズが合うし」

「え？　そうなの？　あの、まあ、言いたくなかったら言わなくていいけど。わたし、口は堅《かた》いから。安心して話していいんだよ」

「ほんとにそうじゃないよ。あのさあ、笑わない？」

「笑う？」

「ぼくさあ、ダンスを習っていて、将来は歌って踊《おど》れるアイドルになりたいんだよね」

「え？　アイドル⁉」

「だから、アイドルっぽいデザインの服を探していて、それで」

「へえ、そうだったんだ。でも、すっごくいいと思うよ」

「恥《は》ずかしいけど」

「そんなことないよ。塚ちゃん、美少年だもん。人気出そう！」

「やだ。美少年なんて、テレる！」

「あのさあ、塚ちゃん、ごめんね」

わたしは、ふいに頭を下げた。

「え？　なんで、桐山さんが謝《あやま》るの？」

「だって、わたし、なにもしないで。わたし、気にはなってたんだよ。でも、なにもできていない自分が情けない……」

「そんなことないよ。桐山さんは、前、後藤田先生に意見してくれたでしょ？　あの時、本当に勇気あるなあって嬉《うれ》しかったんだよ。だから、桐山さんは信用できる人だと思ってる」

塚ちゃんがニコッと笑った。

「ねえ、学校を休んでいるいちばんの原因はなに？」

「う〜ん。大事なことを大事にしたかったからかなあ」

塚ちゃんが、言葉を選びながら言った。

「大事なこと？」

「うん。自分の信念っていうかさ」

「信念？」

「うん。その信念を揺《ゆ》るがすような、外野のヤジにたえられなくなったというか」

「それって、どういうヤジ？」

「男女《おとこおんな》とか、ヘンタイとかさ」

「え！　ひどい」

「あと、一学期の三者面談で将来の希望を聞かれたんだ。それで、『アイドルになりたい』って正直に言ったら、後藤田先生に頭ごなしに否定されて。『そんなの、男の一生の職業じゃないだろう！　考え直せ！』って。それからも、先生に呼び出されて、『考えは変わったか？』ってしつこく言われて」

「ああ、最悪」

「まあ、小学生の時から、ずっとなんだけどね。見た目がこうだから、男の先輩《せんぱい》に目をつけられて呼び出されたり。いろいろ重なって心が疲《つか》れたから、ちょっと休むことにした」

「そうだったんだ。力になれなくて面目《めんぼく》ない」

わたしはうつむいた。

「いいんだってば。それに休んだら、いろんなことが見えてきたし、よかったと思ってる」

「それ、どんなこと?」

「ぼくは、ぼく以外の他人の声にばかり振《ふ》り回《まわ》されて、悩《なや》んでいたんだなあって」

「わたしもだ。周りの声に振り回されてる……」

「みんな、好き勝手言って、他人のことを軽くバカにするよね。その人の努力とか志《こころざし》とか信念とか、そういう大事なものを理解しようともせず、表面だけ見て批判してくる」

「そうなの! それで、気にしないって思うんだけど、人に言われると、やっぱり気になるし、心が揺《ゆ》らいじゃう」

「うん。だから、だんだん、学校では、趣味《しゅみ》や本音を話さないようになっていった。そしたら、自分はなにがしたいのか、なにがしたくないのか、それが、よくわかんなくなってきて」

「わたしも『女子力がない』って言われて、このままでいいのかなって」

「でも、女子力ってなに？　親や先生や世間に、『女らしくしろ』『男らしくしろ』って言われて育ってきたから、みんながなんとなく、そう思いこんじゃってるだけじゃない？　うちなんか、母が働いて、父が家事と子育てをやってるよ」

「え？　そうなの？」

「うん。父がね、病気になって会社を辞《や》めたんだ。それで、母が働き出して。役割が逆になったんだ。うちは、母より父のほうが家事も得意だし、それでうまくいってるよ」

「へえ」

「だから、桐山さんも、自分の好きなことや信念は大事にしてほしい。自分の幸せなんて自分にしかわからないんだし。うちの両親なんか、他人からは不幸せに見えるみたいだね。でも、父も母も幸せそうだよ。それでいいじゃない」

「そっか。そうだよね」

「同じ人間は一人もいないんだよ。だから、みんな、自由になればいい。みんな、自由でいい」

「塚ちゃんって、すごいね」

目から鱗《うろこ》が落ちたみたい。窓から新しい風が吹《ふ》きこんできたみたい。

なんだか、重たい荷物の半分ぐらいが、さっと心から消えたような気がする。

「わたし、今日、塚ちゃんに会えてよかったよ」

「ほんと?」

同じクラスなのに、人ってちゃんと話してみないとわからないよね。

すごく勇気をもらったし、美少女に見える塚ちゃんが、ものすごく頼《たの》もしく思える。

「ねえ、塚ちゃん、そろそろ学校においでよ。まだ無理?」

「桐山さん……」

「ねえ、わたしが全力で守るから!」

「ありがとう。嬉《うれ》しい」

塚ちゃんが微笑《ほほえ》んだ。素敵《すてき》な笑顔だった。

「でも、ぼく。実は」

塚ちゃんが言いかけた、その時だった。

「あ!」

わたしは小さく声を上げてしまった。だって、純太と杏奈がドーナツ屋に入ってくるのが見えたから。わたしは二人に見つからないように、さっと身を屈《かが》めた。

「桐山さん? どうしたの?」

「シ!」

わたしは、口の前に人差し指を立てた。

私服の純太はかっこよかった。そして、杏奈は、ピンクのワンピースを着ていて愛らしかった。なんてお似合いなんだろう。

その光景が、針になって胸をチクチクと刺《さ》す。わかっていたことだけど、現実にこうして二人がデートしてるところを目撃《もくげき》すると、本当につき合ってるんだって、悲しくなる。

「純太くん。映画、すごく楽しかったね。わたしも、あんな恋《こい》をしたいな」

杏奈の弾《はず》むような声がする。

「へえ、女の子って、ああいう恋愛《れんあい》映画が好きなんだ。まあ、ひかりはのぞくけど」

「え？　ひかりん？」

「そ。あいつ、アクションとかホラーとかパニック映画好きで、すげえ気が合って」

「わたし、ひかりんって苦手！」

「なんで？　ひかりはいいやつだよ？」

「だって、女、捨ててるじゃない？　いつも、おどけちゃって、クラスでもお笑いやって、もう痛くて見てられないよ。あれで、本人は人気者のつもりでしょ？　でも、バスケ部のみんなも陰《かげ》ではバカにしてるじゃない？　早く気がつけばいいのに」

うわ。顔から血の気が引いていく。

わたしは、心底びっくりした。杏奈ってば、ぶりっ子設定も忘れちゃうくらい、わたしのことが嫌《きら》いなんだ。純太もあぜんとしてる……。やだ。これ以上、悪口は聞きたくないよ。

「塚ちゃん、この店、出てもいい？」

小声で言うと、塚ちゃんが真顔でうなずく。

わたしは純太と杏奈に気がつかれないよう、そっとその場を離《はな》れて、二人から顔を背《そむ》けつつ、入り口に向かった。

「ひかり！」

その時、純太の声がした。ぎくり。心臓が止まりそうになる。全身が硬直《こうちょく》する。

見つかっちゃった！　最悪。顔を引きつらせながら、おそるおそる振《ふ》り向《む》く。

「え、ひかりん？　いたの……」

杏奈がバツの悪そうな顔になった。

「え？　塚田といっしょ？」

純太が塚ちゃんに気がついて驚《おどろ》いてる。

「え？　塚田くん⁉」

杏奈が二度見してる。

すると、塚ちゃんが杏奈と純太の席の前にすっと歩いていった。

「純太くんは桐山さんのいいところをいっぱい知ってるよね？　仲間でしょ？　頼《たの》むね」

え？

「塚ちゃん！　いいから！」

わたしはあわてて、引き返すと叫《さけ》んだ。

「行こう！　じゃ！」

わたしは、塚ちゃんの手を強引《ごういん》に引っ張って、歩き出した。

そして、店を出て歩きながら、わたしは泣いていた。

なんで？　バカみたい。

こんなことくらいで振《ふ》り回《まわ》されたくない。わたしはわたしでいたい。

でも、こんなに傷ついている。どうしようもない。

「桐山さん、余計なことして、ごめん」

駅ビルを出たところで、塚ちゃんが立ち止まって頭を下げた。

「でも、どうしても黙《だま》っていられなくて、水木さんに言われっぱなしがくやしくて」

「謝《あやま》らなくていい」

「だって、前、後藤田先生に言ってくれたでしょ？　だから、ぼくも黙ってちゃいけないって思ったんだ。ほんと余計なことしてごめん」

「ううん。ありがと。わたしのために言ってくれて嬉《うれ》しかったよ」

言いながら、さらに大粒《おおつぶ》の涙《なみだ》がこぼれる。胸が痛くてたまらない。

「水木さんの言葉なんか気にしちゃダメだよ。桐山さんのことを嫌《きら》いな人に、どう思われたっていいじゃない！」

塚ちゃんがわたしの両腕《りょううで》をつかんで揺《ゆ》すった。

「……そうだね。そうだけど。でも……」

言いながら、ボロボロ泣いた。

「水木さんが、桐山さんを悪く言うってことは、嫉妬《しっと》してるんだよ」

「嫉妬？　わたしに？　杏奈が？　まさか！　ありえない」

「桐山さん、嫉妬する人と嫉妬される人は決まってると思ってるの？　違《ちが》うよ。誰《だれ》でも嫉妬するし、誰かに嫉妬されるんだよ」

「……塚ちゃん、わたしね。純太のこと、好きだった」

「うん。だと思ってた。教室でも感じてたよ」

「え？　バレてた？」

「うん」

「……純太が杏奈とつき合い出して、自信がなくなったんだ。わたし、かわいくないし、女子力ないし」

「桐山さんは、かっこいいってば！　もっと自分の個性に自信を持ちなよ。そのままの桐山さんを好きになってくれる男子だっているよ！」

「いるかな……」

塚ちゃんの言葉に、また目が熱くなって、大粒《おおつぶ》の涙《なみだ》がボロボロこぼれる。

「ありがとう。塚ちゃんっていい人だね」

「でしょ？　でも、桐山さんほどじゃないけどね」

「え？　あはは」

二人で同時に笑い出す。

「ぼくが目の前にあらわれた時の、あの純太くんと水木さんの驚《おどろ》いた顔。まぬけだったよね」

「ふっ」

わたしはつい吹《ふ》き出《だ》してしまう。

「ねえ、本当に学校においでよ。わたしも先生と戦うよ」

「そのことなんだけど……」

塚ちゃんが言った。

「ぼく、引《ひ》っ越《こ》すんだよ」

「え！」

◆

品川駅《しながわえき》の新幹線のホームに、わたしと塚ちゃんは並んで立っていた。吹《ふ》きこんでくる冷たい十二月の風。塚ちゃんが東京《とうきょう》からいなくなる。今日は、旅立ちの日。

お母さんの仕事の都合で、浜松《はままつ》に引《ひ》っ越《こ》すんだ。

「ひかり。純太くんのことは、どうするの？」

「もういい」

「え！　なんで？　あんなに好きだったのに？」

塚ちゃんが目を丸くした。

「ひかり、ちょっと話があるんだけど」

この前、純太に呼び出された。

「塚田とつき合ってるって、本当？」

「まさか。塚ちゃんとは、そういうんじゃないよ。友達だよ」

「でも、最近、いつもいっしょにいるよな」

そう、塚ちゃんは、あれから学校に来るようになったんだ。そして、わたしたちは、急速に仲よくなった。二人のことを、いろいろ言う人もいたけど、そんなの無視した。

「どうだっていいでしょ？」

「どうだっていいわけないだろ！」

純太が怒《おこ》ったように言った。

「オレ、本当は、前から、ひかりのこと気になってたんだぞ。でも、杏奈とつき合えとか言うし。いろいろ、わかんなくなって……」

「え⁉」

「なあ、オレのこと、どう思ってる？」

「どうって、杏奈とつき合ってるのに？」

「その杏奈に言われたんだ。『わたしのこと好きじゃないでしょ？　本当に好きなのは、ひかりんでしょ？　それなら、別れる！』って。あいつ、ずっとおまえに嫉妬《しっと》してたんだよ」

「！」

塚ちゃんの言ったこと、当たってたんだ。へえ。杏奈がわたしに嫉妬？

「なんか、女って、こわいよな」

純太の言葉が、引っかかった。

「あのね、純太。それ、違《ちが》うよ」

「違う？」

「そう。女がこわいんじゃないよ。全部いっしょにしないで。こわい女がいるだけなんだよ」

「え？」

「女ってだけで、ひとくくりにしないでってこと！」

わたしの言葉に純太がぽかんとした。その顔を見ていたら、なんだか、急激に恋心《こいごころ》が冷めていったんだ。


「へえ、純太くんとそんなことがあったんだ」

わたしが話し終わると、塚ちゃんが神妙《しんみょう》な顔でうなずいた。

「うん。それから、純太への気持ちに自信が持てなくなってきた。わたしが変わったのかも」

「そうかもね。人は変わるし、常識も変わっていくんだよね」

そう、いろんなことが、少しずつ変わっていく。

価値観も時代と共に、アップデートされていく。

女子はこうあるべき。男子はこうあるべき。

そういった固定観念から自分が自由になれたら、女子も男子も、みんなが、もっと生きやすくなると思う。それを、わたしに教えてくれたのは、塚ちゃんなんだよ。

だから、わたしは、自由で強くて優《やさ》しい人間になりたいんだ。塚ちゃんみたいな——。

「塚ちゃん、冬休みにオーディション受けるんでしょ？　がんばってね！」

「うん。また、東京に来るから連絡《れんらく》する。その時はドーナツ食べよう」

「わたしは、ほんとはラーメンのほうがいいなあ」

「じゃ、両方、食べようよ！」

「あはは。まかせといて！」

二人で顔を見合わせて笑い出した時、新幹線の到着《とうちゃく》を知らせるアナウンスが流れた。新幹線がホームに滑《すべ》りこんでくる。ドアが開く。

「浜松にも行くね！」

「うん。ひかり、浜松って、のぞみは停《と》まらないんだよ。遊びに来る時、気をつけて。ひかりかこだまに乗るんだよ」

「うん。わかった」

「ひかりにも、浜松に停まるひかりと停まらないひかりがあるから間違《まちが》わないでね！」

「大丈夫《だいじょうぶ》。わたしは、浜松に停《と》まるひかりなんだから。塚ちゃんと繋《つな》がっている『ひかり』なんだよ！　わかった？」

「わかったよ。ひかり」

塚ちゃんが泣き笑いの顔になる。

まさか、塚ちゃんとこんなに仲よくなれるとは思わなかった。もっと話したいよ。もっともっと。大好きだよ、塚ちゃん。本当にありがとうね。

わたしが、わたしらしくいていいって教えてくれて、ありがとう。

発車のベルが鳴る。塚ちゃんが新幹線に乗りこむ。

わたしの目から、どっと涙《なみだ》があふれる。

「ねえ、塚ちゃん。わたし、女子力より、もっとすごい力を目指すよ！」

「へえ、どんな力？」

塚ちゃんが振《ふ》り向《む》いて聞く。

わたしは笑顔《えがお》で叫《さけ》ぶ。

「人間力！」

わたしの言葉に塚ちゃんの口元がふわっとほころんで、キレイな白い歯がこぼれたと同時に、ドアが閉まった。そして、新幹線ひかりが動き出した。

わたしも、人間のひかりも、今、未来へ向けて走り出したばかり——。

兄弟前夜

落合由佳

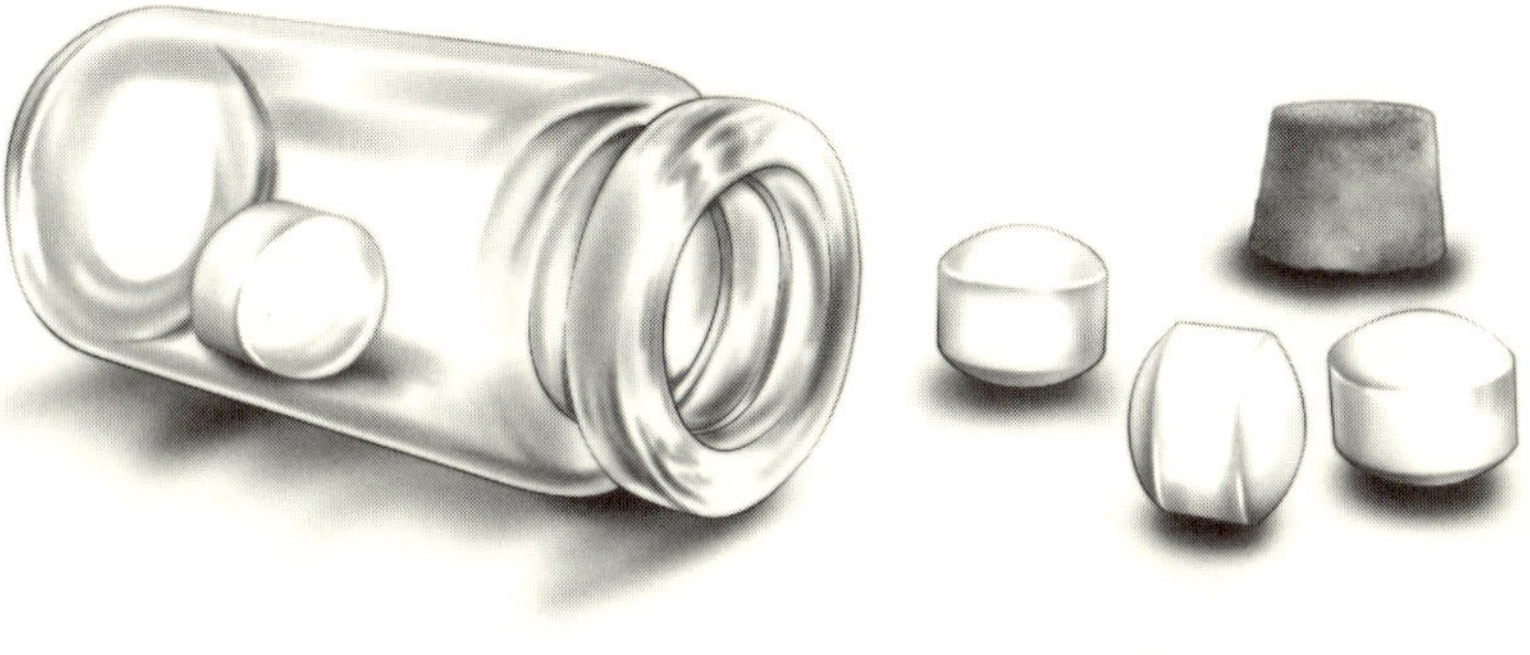

兄弟って聞くと、思《おも》い浮《う》かぶ映画が一つある。

タイトルは忘れた。確かドイツの映画だった。細かい筋は覚えてないけど、ベルリンの街で、幼い兄弟がいなくなってしまった母親を懸命《けんめい》に探し回る、そんな話だったはずだ。

兄弟の兄ちゃんのほうは、ちっこい弟の世話をかいがいしくこなしていた。朝食を準備してやったり、着替《きが》えを手伝ってやったり。外では大きい荷物を当然のように自分で持って、弟としっかり手をつないで歩いていた。弟はそういう兄ちゃんを全身で信じて、頼《たよ》り切《き》っていた。

一方はひたすら与《あた》えて、もう一方はとにかく甘《あま》える。二つの矢印の向きが逆になることはなくて、オレにはどうにも不公平に見える関係が、二人にとっては自然らしいのが不思議だった。

DVDを見る母さんの近くでマンガを読みつつ、たまに画面をながめていた当時のオレは、歩《あゆ》夢《む》くんと会ったことはなかったけど、その存在は母さんに聞いて知っていた。そんな事情もあって、オレは映画の中の兄弟、特に兄ちゃんのほうに興味を引かれた。

中でも印象的だったのは、靴《くつ》ひものシーンだ。

夜の街を歩いている途中《とちゅう》、弟の靴ひもがほどけていることに兄ちゃんが気づき、地面に膝《ひざ》をついて結び直してやるのだ。ていねいに、結び方を説明しながら。最後には一言、こう言う。

「練習しろよ」って。

超《ちょう》かっこいい。じわっと胸が熱くなったのを、今でもちゃんと覚えてる。

ただ、自分がそうなれるかどうかっていうのは、また別の話だ。


「お兄ちゃんっ」

背中で弾《はず》んだ明るい声に、はっと意識を引《ひ》き戻《もど》された。

思わず振《ふ》り向《む》いたオレの横を、小さな男の子が走《はし》り抜《ぬ》けていく。

しまった。つい反応してしまった。

オレが「お兄ちゃん」なんて呼ばれるわけないじゃんよ。

自分自身にツッコミを入れている間に、その男の子は兄ちゃんらしき人にかけ寄って、

「お兄ちゃん、ねえ、あれ取ってー！」

興奮した様子で、少し離《はな》れた場所にあるUFO《ユーフォー》キャッチャーを指差した。

「えー？　取れるかわかんねーよ」

「取れるよ、お兄ちゃんなら絶対取れる」

兄ちゃんは笑って弟の手を引いた。並んで歩いていく後ろ姿はまるであの映画の兄弟のようだ。

やっぱ違《ちが》うな、ホンモノは。

オレは軽く息を吐《は》いて、両手に下げた重たい買《か》い物袋《ものぶくろ》を持ち直した。

学校が夏休みに入ったからか、平日の真っ昼間でもスーパーマーケットは混雑していた。ゲームコーナーもたくさんの人でにぎやかだ。

首をねじって、壁時計《かべどけい》を確認《かくにん》する。そろそろ母さんの買い物も終わるだろうし、合流しないと。

格闘《かくとう》ゲームの台を見に行くと、歩夢くんはまだプレイに熱中しているみたいだった。

「歩夢くん」

ゲーム台のボタンを高速で連打しながら、歩夢くんはうるさそうにオレを見上げた。小作りな顔立ちの中で、目だけが大きい。身体《からだ》も小学四年生にしては小さくて、なんとなく小動物を連想させる。リスとか、ハムスターとか。

「それ終わったら、もう行こう」

「ぼくに命令するなよ」

これだよ。

むっときたけど、ここで怒《おこ》るわけにもいかない。

「や、命令とかじゃなくて、母さんもう買い物終わるから、行かないとさ」

「お父さんなら待っててくれるのに」

「そんじゃ今度父さんと来たときにゆっくりやりな」

「今、お父さん仕事忙《いそが》しいんだ。いっしょに住んでるくせに、わかんないのかよ」

はあ、とこれみよがしなため息をついて、歩夢くんはゲームを終えた。

「お、えらいっ」

がんばって作ったオレの笑顔《えがお》には目もくれず、すたすたと歩いていく。

「ちょ、待って待って」

こちとら両手に大荷物持ってんだぞ。あわてて後を追うと、ゲームコーナーと隣《となり》のフードコートを仕切る柵《さく》の先端《せんたん》に買《か》い物袋《ものぶくろ》が引っかかった。びっ、といやな音がする。

「やべっ……」

袋が揺《ゆ》れ、詰《つ》めこんであったじゃがいもやらオレンジやらが破れ目から飛び出し、ごろごろ転がっていく。あせって屈《かが》んだオレを、歩夢くんは振《ふ》り返《かえ》りもしない。

「おいっ、歩夢くん！」

……行っちゃったよ。伸《の》ばした手を力なく下ろそうとしたとき、誰《だれ》かがじゃがいもを拾って差し出してくれた。

さっき見た兄弟の二人だ。

「大丈夫《だいじょうぶ》ですか？」

「あ、ありがとう」

兄ちゃんのほうは、小学校の高学年くらいか。にこっとすると、弟に言った。

「おれ、あっちで新しい袋《ふくろ》もらってくる」

「うん、じゃあぼく、この人を手伝ってるね」

「ほかのところに行くなよ」

「はーい」

おお。兄ちゃんは頼《たよ》りになるし、弟は素直だし、本当にいい兄弟だ。心の中で二人を拝《おが》んでいると、弟のほうがオレに向き直り、心配そうに尋《たず》ねた。

「先に行っちゃった子は、友だち？」

オレはへへッとあいまいに笑って、転がっていたオレンジに手を伸《の》ばした。

歩夢くんは、血のつながっていない、オレの弟だ。

今年の春、オレの母さんは再婚《さいこん》をした。ちょうど桜のつぼみがほころび始めたころだった。

相手の人のことはよく知っていた。再婚《さいこん》が決まる数年前に母さんから紹介《しょうかい》されて、そこから交流が続いていたから。名前は雅之《まさゆき》さん。母さんが友人と共同で経営している美容室の、顧問《こもん》税理士だ。やさしくて穏《おだ》やかな人で、前の奥《おく》さんは子どもを産んでまもなく亡《な》くなってしまったのだと聞いていた。その子どもが、歩夢くんだ。

ちなみにオレの旧父親は、オレが保育園児だったころに家を出ていって、それっきり。もともと留守がちだった人で、オレはほとんど覚えてない。

「光介《こうすけ》、もっとしっかり酢飯《すめし》混ぜてよ。もっと、切るように！」

キッチンで、母さんが寿司《すし》おけにうちわで風を送りながら、声を張り上げた。

再婚後、オレと母さんは雅之さんと歩夢くんの家に引《ひ》っ越《こ》して、今は家族四人で生活している。

最初のうちは、テレビを見たり冷蔵庫を開けたりするのにもいちいちためらっていたし、脱衣《だつい》所《じょ》で服を脱《ぬ》ぐのも気恥《きは》ずかしかった。雅之さんを父さんと呼ぶのにも、まだちょっと照れがある。こう見えてオレはおくゆかしいのだ。でも一つ季節を越えると、そういうのにもだんだん慣れてきた。

「腕《うで》がだるいんだっつーの。もういいじゃんこのくらいで」

答えると、肩《かた》をうちわでばしっと叩《たた》かれた。

「なんであんたはそう適当なのよ。いいから気合入れなさい。後でいいものあげるから」

「えっ、小遣《こづか》い？」

「テレカ」

「うわ、いらねー」

「あら、せっかく私の常連さんがくれたのに。息子がサッカー好きでって話をしたら、覚えててくれたみたいでね。Jリーグ元年に試合したチームのキャラクターが描《か》いてあるんですって」

「へー、でもいらねー」

肩《かた》をすくめると、「YOU《ユー》 LOSE《ルーズ》！」と男の野太い声がした。キッチンと一続きになっているリビングで、歩夢くんが「あーあ」とソファにもたれる。オレが酢飯《すめし》と格闘中《かくとうちゅう》に、歩夢くんは二次元のマッチョとバトル中だ。

「歩夢くん、九時からはオレがサッカー見ていい？」

返事なし。

「いいじゃん。歩夢くん、九時過ぎには寝《ね》ちゃうんだしさ」

「今日は眠《ねむ》くなるかわかんないし」

肩越《かたご》しに振《ふ》り返《かえ》って、小憎《こにく》ったらしく言い返してくる。家に一台しかないテレビをゲームで占《せん》領《りょう》するなと言いたい。腹立つ。けど、四つも年下の弟とテレビで言い争う兄ちゃんって、かっこ悪い気もする。

「そっか。じゃ、オレは録画して後から見るからいいや」

へらりとして引き下がると、歩夢くんは不満そうに眉《まゆ》を寄せた。なぜだ。

「歩夢くん、テレビはみんなで見るものだから、ゆずり合おうね」

母さんにやわらかく注意されると、歩夢くんはあっさりうなずく。なんなんだ。オレはむだに力強くしゃもじを動かした。

しばらくして父さんが帰ってきて、みんなでダイニングテーブルを囲む。いただきますをすると、歩夢くんはさっさと海苔《のり》の上に酢飯《すめし》をのせ、イクラに手を伸《の》ばし、スプーンでこぼれんばかりにすくう。またすくう。またまたすくう。

イクラの順番をおとなしく待っていると、父さんがにこにこしながらオレと歩夢くんを見た。

「お盆《ぼん》はお母さんの職場も休みだし、僕《ぼく》も何日か休みを取れそうだから、みんなでどこかに遊びに行こうか。遊園地でもいいし、海でも山でもいいし」

家族そろって出かけるなんて、中二にもなればそれほどありがたいものでもない。けど、ここは空気を読むところ。

「オレは海派ー。プールのある遊園地も可」

「それだと、どこがいいかしら。車で少し遠出してもいいんだけど」

父さんと母さんが相談を始める。オレはイクラの入った皿に手を伸《の》ばすと、歩夢くんがそれをすーっと自分のほうに引き寄せた。

おっと、こっちも独占《どくせん》する気か。

「イクラ、プリーズ」

「好きなのか？」

「うん。イクラもスジコもカズノコも卵系は全部好きだよ」

ふうん、と歩夢くんはうなずくと、細く切った厚焼き玉子を数本箸《はし》でつまみ、ひょいとオレのおてしょ皿にのせた。

「ほら、卵」

「鶏卵《けいらん》じゃなくて魚卵《ぎょらん》を求む」

「断る」

あごを上げ、反応をうかがうようにオレを見る。

「あー、ならいいや、イクラはゆずる」

オレが手を振《ふ》ると、歩夢くんはため息をついた。不機嫌《ふきげん》そうに、いすにそっくり返る。「ちゃんと分け合いなさい」と父さんがイクラを歩夢くんから取り上げ、オレに差し出した。

「で、休みのプランだけど、遊園地に泊《と》まりがけで行くのはどうだい？　そうすればたくさん遊べるし、どうかなって」

「やだよっ！」

突然《とつぜん》の大声に、オレは危うくイクラを落としそうになった。

「あらどうして？　プールに入って、いろんな乗り物にも乗って、夜まで遊ぶの。きっと楽しいわよ」

「いやなものはいやなんだよ。みんなで泊《と》まるなんて、絶対いやだ」

歩夢くんはなぜかあせった様子でオレをちらりと見ると、箸《はし》を置いてリビングを出ていってしまった。

泊まりの何がそんなにいやなんだ。

父さんと母さんが、黙《だま》って顔を見合わせる。

「ごめんね、光介くん。歩夢、わがままで」

「いや別に。気にしてないから」

いつものことだし、とは言わないでおく。

父さんは再婚前《さいこんまえ》と変わらずやさしくて、母さんも幸せそうで。引《ひ》っ越《こ》したら広くてきれいな一人部屋をもらえたし、家庭経済が安定したおかげで小遣《こづか》いも少し値上がりした。新しい生活は、毎日普通《ふつう》にハッピーだ。

でも、歩夢くんの兄ちゃんポジションだけは、いまだにまったくなじめない。

思えば、雲行きは最初から怪《あや》しかったんだ。

連れ子同士のオレたちが初めて会ったのは、二年前。オレが小学六年生、歩夢くんは二年生だったときのことだ。

家族の初顔合わせの場所は、ふだん行かないデパートの最上階にある、ちょっとお高めの焼き肉屋だった。オレは母さんの後についていて歩きながら、ひそかな気合を手の中に握《にぎ》った。

これから会うのは、弟になるかもしれない子だ。

弟。

その言葉からイメージするのは、小さくて、甘《あま》ったれで、多少わがままなんだけど、兄ちゃんを慕《した》う、そんな弟らしい弟だった。

「光介、緊張《きんちょう》してる？」

途中《とちゅう》で母さんに聞かれて、「全然」とオレは首を振《ふ》った。強がりじゃない。純粋《じゅんすい》に楽しみだったのだ。

オレは委員長とか班長とかに選ばれるような頼《たよ》りがいのあるタイプじゃないけど、人間関係で悩《なや》んだことはなかったし、たまに「お人好《ひとよ》しだなー」と笑われることはあるものの、友だちはたくさんいた。

だから歩夢くんとも、うまくやれるだろう。いい兄ちゃんになろう。そのときのオレは素直にそう思っていた。

歩夢くんと父さんは先に来ていて、オレたちに気づくといすを引いて立ち上がった。あいさつとお互《たが》いの紹介《しょうかい》が済んでから、オレは歩夢くんに「よろしく！」と笑いかけた。

歩夢くんは無言で下からすくい上げるようにオレを見た。

なんだよこいつ、って目で言うみたいに。

首のあたりが、ぴりぴりっとした。

友だちとの場合も同じだけど、相手が自分に対して抱《いだ》いている感情は、身体《からだ》の表面に伝わってくる。『いいな、好きだな』って気持ちは、温かな手のひらを当てられているような感じ。『いやだ、嫌《きら》い』だと、静電気が走ったみたいに小さく痛む。

ヤバいかもって思った。

で、肌《はだ》で察した予感は、だいたい当たる。

顔合わせは微妙《びみょう》な空気のまま終わって、それから再婚《さいこん》が決まるまで、オレたちはそれぞれ母さんと父さんに連れられて、月に一回くらいのペースで互いの家を行《い》き来《き》するようになった。

歩夢くんはいつもマイペースで、一人でゲームをしたり、マンガを読んだりしていて、オレが話しかけても無視か、もしくは一言二言をぼそっと返してくるだけだった。

母さんは「そのうち、何かのきっかけでころっと仲良くなれるわよ」と笑った。のんきなものだ。父さんは父さんで、「ごめんね、歩夢はちょっと人見知りなところがあって」と申し訳なさそうに言った。人見知り？　たぶん違《ちが》う。そもそも関心を持たれてないのだ。

いっしょに住むようになってからも状況《じょうきょう》は変わらなくて、このままじゃまずいと危機感を覚えた。オレは、歩夢くんとの距離《きょり》を縮めようと、せっせとがんばった。

しかし。

宿題を教えてあげようとしたら、「いらない」とすげなく拒否《きょひ》され。

どこかに遊びに行こうと誘《さそ》えば、「遊ばない」とけんもほろろに断られ。

歩夢くんの好きな対戦ゲームをいっしょにプレイしたら、オレが下手くそ過ぎたらしくて、「つまらない」とあきられた。ほかにも失敗したエピソードはいろいろある。そのせいか最近では、やたらとつっかかられるようになってしまった。

兄弟は他人の始まりっていうけど、他人から始まった兄弟は、やっぱり他人のままなのかもしれない。

手巻《てま》き寿司《ずし》の日から数日後、夕方のリビングで、歩夢くんがゲームをしていた。

見慣れた光景だ。なのにオレの目を引いた。

歩夢くんがプレイしているのが、サッカーゲームだったからだ。

おっ？　これはもしかして、サッカーに興味わいたか？

同志らしき人を見かけたら、話しかけずにはいられない。オレはいそいそと歩夢くんの隣《となり》に座《すわ》った。

「どう？　サッカー。おもしろい？」

歩夢くんはびっくりした様子でオレを見ると、

「えっ？　あ、まあ、ゲームならおもしろいけど」

不意打ちだったからかもしれないけど、そう普通《ふつう》に答えた。

おおっ？

あきらめモードを指していた針が、ぐらっと、今までとは逆に傾《かたむ》く。

サッカーゲームがおもしろいなら、実際のサッカーも好きになるんじゃないか？

「だよな、おもしろいよなっ」

つい前のめりになる。もしかしたらサッカーが、母さんの言ってた「きっかけ」になるかもしれない。

「何？　このゲーム、やりたいのか？」

「や、オレは下手くそだからいいや。そんなことよりサッカー選手って一試合でだいたい何キロ走るか知ってる？」

「……知らない」

「十キロくらいなんだって。サッカー選手はやっぱ走れてなんぼだよな」

「あっそ」

「ちなみに、運動量がめっちゃ多い選手のことを『ダイナモ』って呼ぶんだ。発電機って意味。かっこいいよなー。父さんは『ダイナマイト』って言いまちがえてさ、まあ爆発力《ばくはつりょく》あるってイメージでオッケーなんだけど。やっぱりそういう選手がチームに一人いると戦略的にも雰囲気的《ふんいきてき》にもいろいろ変わってくるわけで、あっ、その前に各ポジションの役割なんだけど……」

夢中で語り続けていたら、うんざりしたようなため息が聞こえた。

我に返ると、歩夢くんはオレの話を完全にスルーして、一心に指を動かしていた。ゲームに集中することで、オレをシャットアウトしているみたいだ。

調子に乗ってぺらぺらしゃべり過ぎたか。でもそんなあからさまにいやそうな顔しなくたっていいじゃんよ。

いい反応を期待した分だけ、空《むな》しさが増した。あきらめモードから、いけるかもモードへ動いた針が、くくっ、と再びあきらめモードへ力なく戻《もど》り始《はじ》める。

そのとき、ピンポーン、とインターホンが鳴った。

歩夢くんは当然のように無視。オレは肩《かた》をすくめて立ち上がり、ドアスコープをのぞいた。

宅配便だ。カギを開けると、「お届け物でーす！」と宅配のお兄さんが爽《さわ》やかに笑った。ふだんはなんとも思わないけど、今日はその明るさがまぶしい。イケメンじゃなくてもそんなふうに笑えれば、人生うまくいきそうな気がする。

「どもっす」

荷物を受け取り、伝票に書かれたあて名と送り主を見たら、ととっと心臓が跳《は》ねた。

その場でガムテープをはがし、段ボール箱を開けて、今度はオレ自身が飛び上がった。

なんとなんと、有名サッカー選手のサイン入りスパイクが、懸賞《けんしょう》で当たったのだ。

「いやったあーっ！」

なんというごほうび。スパイクの入ったシューズケースを抱《だ》きしめて、玄関口《げんかんぐち》で小躍《こおど》りした。

この懸賞は、スーパーと飲料メーカーが共同企画《きょうどうきかく》したもので、対象商品を購入《こうにゅう》してレシートを応募《おうぼ》はがきに貼《は》り、送るというステップを踏《ふ》まなければならなかった。これがなかなか大変で、父さんと母さんにも協力を頼《たの》んだし、オレ自身も小遣《こづか》いをかなり費《つい》やした。たいして好きじゃないペットボトル飲料も、応募のためにたくさん買って飲みまくった。

苦労のかいがあったな。自分の部屋に大事に飾《かざ》ろう。ガラスケースも買ってこなくちゃ。あ、先に父さんと母さんに見せてあげないとな。いったんリビングに置いておくか。

くるくるとスピンしながら、リビングに入った。すると、キッチンのほうから急ぎ足で歩いてきた歩夢くんとぶつかった。

よろめいた歩夢くんの手から、コーラが派手にこぼれる。

サイン入りの、白いスパイクに、びしゃりと。

オレは悲鳴を上げて、ダイニングテーブルの上にあった布巾《ふきん》を引っつかんだ。軽く叩《たた》くようにスパイクを拭《ふ》いていると、

「ぼく、悪くないからな」

離《はな》れたところから歩夢くんが牽制《けんせい》するように言った。かちんときた。もし血のつながった弟だったら、つい手か足が出てしまったかもしれない。でも相手は歩夢くんだ。血も心さえもつながっていないのにそんなことしたら、一生絶交、まちがいなしだ。

いったん落ち着くために深呼吸して、そろりとスパイクを確認する。サインは無事。シミにもならなそうだ。

オレは歩夢くんのほうを向いて、ゆるく笑ってうなずいた。

「うん。大丈夫《だいじょうぶ》だから気にしないで」

「うそくさ」

「へ？」

「おまえ、うそくさい」

「うそ？」

「テレビがまんしたり、好物ゆずったり。大事なもの汚《よご》されてもへらへらしたり。そういうのだよ」

「それは、だってさ」

「ほかにもある。宿題教えようとしたり、いきなりドヤ顔でサッカー解説始めたり、そういうのも全部」

歩夢くんはきつい目つきでオレを見上げた。

「兄ちゃんぶってて、ウザい」

「……ぶってる⁉」

なんと。オレがこれまでにしてきたことは、歩夢くんには全部「兄ちゃんぶってる」ようにしか見えてなかったのか。そりゃウザい。うまくいかないわけだ。なんだか、妙《みょう》に納得《なっとく》した。

「オレ、超《ちょう》ショック」

「あっそ」

「もう、歩夢くんが兄ちゃんになればよくない？」

「はあ？」

「初めて兄ちゃんポジションになって、オレなりにがんばったけど、なんかだめっぽいし、もう疲《つか》れたし。だから歩夢くんが兄、オレが弟でいいっしょ。よろしく」

「おまえ、ばか？　そんなの無理に決まってるだろ」

歩夢くんが一歩後ずさる。オレはヤケになったまま提案した。

「んじゃ、一人っ子と一人っ子に戻《もど》る。兄弟解散。同じ家に住んでても、お互《たが》いなるべく関わらない。無視はしないけど、からんだりもしない。それなら楽だし、どう？」

我ながらあほらしいアイディアだ。「何言ってんだよ」とあきれられるかと思ったけど、歩夢くんは真顔でうなずいた。

「別にいいけど」

そう言って、くるりとオレに背中を向けてリビングを出ていく。

兄弟解散、決定。オレの中の針は、すがすがしくあきらめモードに振《ふ》り切《き》れた。

リビングのソファにだらりと寝転《ねころ》んでいると、父さんが仕事を終えて帰ってきた。

「おかえり」

「ああ光介くん、ただいま。今日、会社でクッキーをもらってきたよ。チョコレートがかかってて、おいしそうなんだ」

オレの顔を見るなり、父さんはかばんの前ポケットを探《さぐ》る。会社で出されたお茶うけとか、誰《だれ》かのお土産《みやげ》のお菓子《かし》なんかを父さんは自分で食べず、オレと歩夢くんにと持って帰ってくるのだ。なんか子どもみたいだなあと思って見ていると、突然《とつぜん》、「うわぁ」と情けない声を上げた。

父さんの手元をのぞきこんだら、ポケットの中は大惨事《だいさんじ》だった。

ティッシュを数枚重ねて包んであったみたいだけど、クッキーは砕《くだ》けてカスが散らばり、表面にかかっていたらしいチョコはべっとり溶《と》け出《だ》して、周りの小物類を汚《よご》している。

オレはがまんできずに噴《ふ》き出《だ》した。

「父さん、さすがにこの時期チョコはだめっしょ。自分で食っちゃえばよかったのに」

「二人とも好きかなあと思うと、どうしても持って帰りたくなっちゃうんだよ」

父さんも照れたように笑った。

「じゃあこれからはせめて、ティッシュに包むのだけはやめなよ」

「そうだね……ちょっと、洗面所で拭《ふ》いてくる」

「オレも手伝うよ」

父さんがかばんの前ポケットに入っていたものを全部出して、中を濡《ぬ》れタオルで拭いている間、オレは眼鏡ケースやらペンやらにくっついた汚れを洗い流した。

「今日は物がよく汚《よご》れる日だ」

「うん？　どういうこと？」

「不慮《ふりょ》の事故《じこ》というか。それでちょっと、やっちゃったんだよね」

オレは天井《てんじょう》を指差した。歩夢くんの部屋は二階で、オレの部屋の隣《となり》だ。

「えっ？　歩夢が昼間に？」

「昼間っていうか、夕方に」

「夕方？　それは初めてだな。ここ半年くらいは落ち着いてたのに」

父さんが考えこむように拳《こぶし》を口に当てて、ぽつりとつぶやく。

「病院……」

「病院？　待って、さすがにオレ、歩夢くんにケガさせたりしてないよ？」

「え？　ケガ？」

なんだか話がかみ合ってない。

「あのさ、やっちゃったっていっても、口ゲンカみたいなもんだよ？」

父さんは目を丸くした後、「ああ」と肩《かた》の力を抜《ぬ》いた。

「ごめんごめん、ちょっと勘違《かんちが》いした。何が原因でもめたんだい？」

父さんこそ、何と勘違いしたんだろうと思ったけど、

「あー、まあ、いろいろと」

さっきの出来事を説明するのは気が進まなくて、あいまいにぼかした。父さんは深く追及《ついきゅう》しようとはせず、「そうか」とうなずいた。

「お母さんと歩夢も、最初は大変だったなあ」

「え、そうなの？」

「うん。歩夢はどうにも警戒心《けいかいしん》が強くてね。初めのうちはほとんどしゃべらなかったし、目も合わせようとしなかった。かと思ったら変ないたずらしたり、やたら反発したりして。本当に、迷惑《めいわく》かけたんだよ」

父さんは当時を思い出すように目を細め、申し訳なさそうに頭をかいた。

「知らなかった。じゃあどうやってあの二人は仲良くなったわけ？」

「それこそいろいろあったけど、変化のきっかけは、シャンプーだったのかな」

「シャンプー？」

オレは首をかしげた。

「そう。歩夢が手をケガしたとき、お母さんにシャンプーしてもらったことがあったんだ。その手の動きが、すごくやさしくて、びっくりするくらい気持ちよかったんだって。お母さん本人には言わなかったみたいだけど、僕《ぼく》にはうれしそうに報告してきたよ」

「そりゃあ、母さんはプロの美容師だし、シャンプーなんて何千回もやってきてるんだし。気持ちいいのは当たり前だよ。それってそんなに重要？　喜ぶところ？」

するとと父さんは、自分の手のひらに視線を落とした。

「うん。でも、歩夢にとっては初めて感じる『お母さんの手』だったのかもしれないなって思ったんだ。その手でていねいに触《ふ》れてもらって、自分は大事にされてるんだ、この人を信じて大《だい》丈夫《じょうぶ》なんだって、やっと安心できたんじゃないのかな」

なるほどなあ、と思った。血の代わりに、母さんは歩夢くんと、手でつながったのか。

「でも、オレはぶっちゃけ自信ないよ。母さんみたいにはできないし」

「しなくていいよ。親子と兄弟は違《ちが》うんだから」

「実は、さっき勢いで兄弟解散しちゃったんだよね」

ぼかして言わないでおいたことの経緯《けいい》を説明すると、父さんは声を上げて笑った。

「要は絶交に近い感じなんだな。なつかしい。僕《ぼく》も姉としょっちゅう絶交してたっけなあ」

「そんな、ほほえましいことみたいに言われても」

「いいんじゃないかな。光介くんと歩夢は、ある意味、近づき過ぎてたんだと思うよ」

近づき過ぎてた？　おどろくオレの隣《となり》で、父さんは穏《おだ》やかに後を続ける。

「二人はお互《たが》いを意識し過ぎて、ぎくしゃくしているように見えるんだ。だからちょっと離《はな》れて、気を楽にしてもいいんだよ。これから長くいっしょにいるんだし、あせったり気負ったりしないで、心地《ここち》よくいられる二人の距離《きょり》を見つけていってほしい。まずはそこからだよ」

オレは父さんに汚《よご》れの落ちた小物を渡《わた》して、あたかも今思《おも》い浮《う》かんだかのように、軽い感じで聞いた。

「じゃあ、オレと歩夢くんがこのまま仲良くならなくても、父さんと母さん、別に離婚《りこん》とかしないんだ？」

ずっと、ひそかに気になっていたことだった。

父さんは一瞬黙《いっしゅんだま》り、目尻《めじり》を下げた。

「心配させちゃってたのか。ごめん」

「そういうわけじゃないけど」

「大丈夫《だいじょうぶ》。しないよ」

きっぱりと、力強く父さんが言い切る。

「ふーん。そっか」

オレはまた軽い空気を作って、でも深くうなずいた。

兄弟解散をしてから、毎日は拍子《ひょうし》抜《ぬ》けするくらい平和に過ぎた。

変に刺激《しげき》し合《あ》うことがなくなって、いいのか悪いのかはわからないけど、気は楽だ。

そして夏休みも後半にさしかかったある朝、隣《となり》の部屋から歩夢くんの声が聞こえた気がして、オレは目を覚ました。

でもすぐにまた深い眠《ねむ》りに落ちて、次に起きたら十時を過ぎていた。

頭がぼーっとする。特に夜更《よふ》かしをしているわけではないのに、オレはどうにも寝起《ねお》きが悪い。夜中はトイレに行きたくなって、ちょくちょく起きるんだけど。

部屋の中はむしむししていて、オレは寝汗《ねあせ》をかいていた。タオルケットをはねのけて起きて、階段を下りていくと、一階はしんとしていた。父さんも母さんも今日は仕事だ。歩夢くんの姿もないけど、どこかに出かけたんだろうか。いつもならオレより先に起きてリビングでゲームをしているのに。

オレはあくびをしながら洗面所に向かった。顔を洗い、鏡に近づくとひげが気になって、スティックシェーバーを手に取る。去年、父さんが買ってくれたものだ。

中学に上がってから、オレの身長は雨上がりのタケノコのように伸《の》び始《はじ》めて、ついでのようにひげまで生えてきてしまった。そんなに濃《こ》くはないけど、鏡を見るたびにユウウツになった。でも「ひげ剃《そ》り買って」と母さんに頼《たの》むのは、恥《は》ずかしくて無理だった。「パンツ買っといて」はヨユーで言えるのに。

身体《からだ》の事情は、でかくなるにつれて打ち明けるのが難しくなる。親じゃ近過ぎて照れくさいし、友だちじゃ遠過ぎてかっこつけてしまう。

で、どーしようかなあ、かみそりなら自分でも買えるけど、前に床屋《とこや》でやってもらったら肌《はだ》赤くなっちゃったしな、と一人で困っていた。するとある日突然《とつぜん》父さんが、そのときはまだ父さんじゃなかったけど、初心者でも使いやすそうなこのスティックシェーバーをプレゼントしてくれたのだ。

オレと二人になったタイミングで、「持ってて腐《くさ》るものじゃないから」とだけ言って。

父親ぶるでもなく、かといって、他人行儀《たにんぎょうぎ》でもない。

そんなちょうどいい距離感《きょりかん》に助けられたのを、ふと思い出したとき。

ガチャン！　と二階から物音がして、オレは飛び上がった。

今の音は、歩夢くんの部屋から？

歩夢くん、出かけてるんじゃなくて、この時間になってもまだ寝《ね》てる？

めずらしいな。

小さな違和感《いわかん》を覚えて、オレは再び階段を上がり、歩夢くんの部屋のドアの前に立った。兄弟解散中だけど、在室確認くらいはアリだろう。思い切ってノックした。

「あの、歩夢くん、いる？」

返事はない。けど、中でベッドがきしむ音が聞こえた。

やっぱり、いる。

しかもこの反応は、たぶん起きてる。

もう一回、ノック。またしても返事はない。「ぼくに関わるな」の意思表示かもしれない。

まあいいか。気にするのをやめて、オレは隣《となり》の自分の部屋に入った。スマホをいじったりマンガを読んだりしているうちに、時間は正午を過ぎていた。でもまだ歩夢くんが部屋を出た様子はない。

やけに静かだけど、まさか、具合でも悪いのか。

もしそうなら大変だ。オレは廊下《ろうか》に出て、歩夢くんの部屋のドアを再び叩《たた》こうとした。するとドアの向こうから、派手に洟《はな》をすすり上げる音と、盛大なしゃっくりが聞こえた。

「え、歩夢くん⁉」

いったい何事だ。オレは迷《まよ》わずドアノブを回した。ばーんと勢いよく開けたドアが壁《かべ》に当たって跳《は》ね返《かえ》る。すうっ、とエアコンの風が流れてきて、汗《あせ》ばんでいた肌《はだ》がひやりとした。

足を踏《ふ》み入《い》れた部屋の中は、カーテンが引かれたままで薄暗《うすぐら》かった。学習机も、背の低い本棚《ほんだな》も、どれもきれいに片づいている。床《ゆか》には目覚まし時計が盤面《ばんめん》を下にして転がっていた。洗面所で聞いたのは、これが落ちた音だったのか。

壁際《かべぎわ》のベッドはなぜかマットレスが斜《なな》めにずれていて、その端《はし》っこで、タオルケットがこんもりと丸くなっている。

「歩夢、くん」

名前を呼ぶと、もそもそとタオルケットが動いて、歩夢くんが半分だけ顔を出した。

赤い目をして、ぐっと唇《くちびる》をかんでいるその表情を見たら、ピンときてしまった。

「もしかして、やっちゃった、感じ？」

歩夢くんは、くしゃっと顔をゆがめると、ぼろぼろと、声も出さずに泣き出した。

その後はまず、歩夢くんをベッドからどかすのに一苦労だった。

「おーい、ちょっと、離《はな》してってー」

タオルケットを取ろうとすると、歩夢くんはますます丸くなって、泣きながら抵抗《ていこう》する。

「シーツもパジャマも、早く洗っちゃおうって。濡《ぬ》れてたら気持ち悪いじゃんよ」

歩夢くんがこうして部屋に閉じこもって、泣いていた理由。

この前、洗面所でオレと話をしていた父さんが、「勘違《かんちが》い」した原因。

それはおねしょだった。

ちょっとびっくりしたけど、具合が悪いんじゃなくてよかった。

「ほら、どいて」

歩夢くんは頑固《がんこ》に首を振《ふ》る。

「どうせ、ばかにしてるんだろ」

「え？」

「本当は心の中で、おねしょしてざまあみろって、思ってるんだろ」

「うわ性格《せいかく》悪っ」

オレは本気であきれた。

「勝手な想像で決めつけんなって。オレ、そんないやなやつじゃないっつーの」

強行策《きょうこうさく》。オレは歩夢くんをタオルケットごと抱《かか》えて床《ゆか》に降ろした。泣いていたせいか、それともタオルケットにくるまっていたせいか、歩夢くんは肉まんみたいにほこほこしていた。

それからシーツを引っぺがし、マットレスの取っ手をつかむ。なんとか動かせそうだ。オレのベッドと同じ、軽量タイプのもので助かった。斜《なな》めにずれていたのは、歩夢くんも動かそうとしたからだろう。そのままずるずる引きずって、バルコニーに出す。後で消臭《しょうしゅう》スプレーをかけまくって、しばらく天日干ししておこう。カンカン照りの太陽が、ばっちり消毒するはずだ。

室内に戻《もど》ると、歩夢くんがおどろいた顔でオレを見ていた。

「結構、力あるんだ」

「えっ、そうかな？」

オレは頭をかいた。ほめられたのは初めてだ。なんて、喜んでる場合じゃない。

よし、次は洗濯《せんたく》だ。

片手にシーツを持ち、もう片方の手をうずくまっている歩夢くんに差し出す。歩夢くんはけげんそうに首をかしげ、何も持っていない右手を伸《の》ばした。はい、握手《あくしゅ》ー。

「って違《ちが》う。そのタオルケットをちょうだい。パジャマとパンツも。さっさと洗って乾《かわ》かして、証拠隠滅《しょうこいんめつ》しちゃおうよ」

あつあつの手は思った以上に小さかった。つないだまま、歩夢くんは鼻をぐずぐずさせる。

「なあ、そんな、この世の終わりみたいな顔してないでさ」

「終わり、だから」

「なんで？」

歩夢くんはしばらく黙《だま》っていた。心細そうに視線をさまよわせる。

「もう九歳《さい》なのに、おねしょするっておかしいし。治ったと思ってたんだ。でも、だめだったんだ。そう繰《く》り返《かえ》す歩夢くんの目に、またみるみる涙《なみだ》があふれる。

以前、泊《と》まりがけで遊園地に行くのを激しくいやがったのも、それだけおねしょが不安だったからなのか。

オレは歩夢くんの手をいったん離《はな》し、手のひらを軽く叩《たた》いた。

「まだ九歳《さい》じゃん。全然、問題ないって」

「…………」

「オレなんか、去年までおねしょしてたし」

「えっ？」

うなだれていた歩夢くんが顔を上げる。よし。オレは続けてうそを言った。

「実はいまだに、危ないときある」

歩夢くんはあんぐりと口を開けた。何度もまばたきをして、大きくのけぞる。

「うげー」

「そこまで引くなよ」


やっと立ち上がった歩夢くんがシャワーを浴びている間に、オレは洗濯機《せんたくき》を回した。

洗い終わったものを外に干すのは、二人でやった。

「今日は天気がいいからマッハで乾《かわ》くなー。隠蔽日和《いんぺいびより》だ」

オレの独り言に、パジャマをハンガーにかけていた歩夢くんが顔をしかめた。

「隠蔽とか、お父さんとお母さんの前で言うなよ。バレる」

「わかってるよ」

父さんは歩夢くんのおねしょぐせをわかってるけど、母さんはどうなんだろう。

知らないはずは、ないか。

歩夢くんの知られたくない秘密を勝手にオレに話してしまうような父さんと母さんじゃなくて、よかった。

「誰《だれ》にも言うなよ」

歩夢くんが不安そうに念を押《お》す。

「言わない」

「絶対、笑うなよ」

「笑わない」

「なんでだよ?」

「なんでって?」

「同情してるのかよ。それともまた兄ちゃんぶってるのか」

「歩夢くんて、いちいちめんどくさいよな」

オレは首を振《ふ》って、シーツをばさりと物干《ものほ》し竿《ざお》に広げた。

「なんでもいいじゃん。そんなことより、そっち側のシーツ、ちょい引っ張って」

歩夢くんはそれを目で追ってから、ぎこちなく一度、うなずいた。

「よし。後は父さんと母さんが帰ってくる前に取りこめばオッケー。大丈夫《だいじょうぶ》だよ」

風が吹《ふ》いて、真っ白なシーツが夏空にはためく。

「あ、ああ、うん」


おねしょ事件をきっかけに、オレたちはとても仲が良くなって、兄弟の深い絆《きずな》も生まれた。

なんてことはもちろん、ない。

あの日、洗濯物《せんたくもの》を取りこんで、干していたマットレスも元に戻《もど》して、シーツも敷《し》いて、完全に証拠隠滅《しょうこいんめつ》した後の歩夢くんは、落ち着いたものだった。父さんと母さんが帰ってきても、何事もありませんでしたよ、という顔をしていた。ふてぇ野郎《やろう》だ、とオレが思わずつぶやいてしまったほどだ。

その後も、兄弟解散についてはどちらも特に触《ふ》れないまま過ごしている。けど、一つ変化が起きた。オレと歩夢くんの、夜中の行動だ。

オレはもともと、夜中によく目を覚ます。そんなときはベッドから降りて、いったん自分の部屋を出てから、歩夢くんの部屋のドアを小さくノックする。

「歩夢くん」

隣《となり》の部屋だからといって壁《かべ》を叩《たた》いたりはしない。部屋にずかずか入っていったりもしない。名前を呼んで、しばらく待つ。もし起きてきたら、いっしょにトイレへ行く。気づかずに深く眠《ねむ》ってるようなら、そのままにしておく。

今日は、どっちだろう。

壁にもたれてあくびをしていると、控《ひか》えめな音を立ててドアが開いた。するりと出てきた歩夢くんに片手を上げる。暗くて表情は見えないけれど、歩夢くんも軽くうなずく。

黙《だま》ったまま、二人で二階の廊下《ろうか》を歩いていくと、ぽわり、ぽわりと足元にやわらかな光が灯《とも》る。人感センサーで反応するフットライトだ。なぜかしいたけの形をしている。これを取り付けたのは父さんか母さんか知らないけれど、微妙《びみょう》なセンスだ。

それから交互《こうご》にトイレに入ったら、しいたけの光る廊下を戻《もど》り、お互《たが》いの部屋でまたベッドにもぐりこむ。

ただそれだけ。

歩夢くんがおねしょをした次の日の深夜、目覚めたオレはベッドの上でしばし悩《なや》んだ。歩夢くんの様子を見に行ったほうがいいのか。それとも、そこまでする必要はないのか。よけいなことをするなと、またウザがられるかもしれない。これ以上は触《ふ》れてほしくないかもしれない。でも、ショックを受けてあんなに泣いていたのを見たのに、このままスルーしていいのか。

世の中の兄ちゃんならどうするんだろう。いや、オレはどうしたいんだろう。考えた結果、とりあえず一回、歩夢くんに声をかけてみることにした。いやがられたら、もうしなければいい。

起きてきた歩夢くんに「トイレ」とだけ言って先に歩き出すと、歩夢くんは黙《だま》ってついてきた。何を思っていたかはわからない。でも、歩夢くんがトイレの電気を消すとき、ほっとしたように息を吐《は》いたのを聞いた。

それ以来、オレたちはいっしょに遊んだり勉強したりはしないけど、夜中のトイレは連れ立って行くようになった。


ある夜、のどが渇《かわ》いていたオレは、トイレの後で、歩夢くんに部屋に戻《もど》るよう手でうながして、自分は階段を下りた。

するとなぜか、歩夢くんも後ろについてきた。びっくりした。

「どこ行くんだよ?」

「声でかい。オレはのど渇いただけ。歩夢くんも何か飲む?」

「飲むわけないだろっ」

「だから声でかいって。じゃあなんでついてくんの」

「別に。ヒマだから」

「なら寝《ね》ろよ」

一階には父さんと母さんが眠《ねむ》っている。オレたちはキッチンへの道のりを忍《しの》び足《あし》で歩いた。それでもフットライトはぽわぽわと点《つ》いてしまって、二人ともまぬけなどろぼうみたいで、ちょっと笑えた。

時刻は二時。あたりはすっぽり暗闇《くらやみ》に包まれているのに、家の外からミンミンと蟬《せみ》の声が聞こえてくる。草木《くさき》も眠《ねむ》る丑三《うしみ》つ時《どき》でも、目覚めてしまった蟬は鳴く。

キッチンライトの白い明かりの下で、オレだけサイダーを飲んでいると、

「おい、おまえ」

「前もそう呼んでたけど、おまえは却下《きゃっか》。オレ、歩夢くんより年上」

「じゃあ、お、おぬし」

オレはサイダーを噴《ふ》き出《だ》しそうになった。

「普通《ふつう》に、名前でいいから」

「コースケ」

「呼び捨てかい。まあいいや。何?」

「コースケは、夜中に目覚ましかけてるのか?」

オレはひらひら手を振《ふ》った。

「んなわけないじゃん」

わざわざスマホのアラームをセットして、歩夢くんの様子を見に行って。それを毎晩の義務にしてしまったら、二人とも息苦しくなってしまう気がした。第一、そんなマメなことオレには無理だ。

「ついでだよ。オレ、夜中に起きちゃうことが多いから」

「マジで?」

「そ、マジ。だから毎晩じゃないっしょ?」

「ふうん……?」

「そこまでがんばらないよ、ほんと。兄弟解散もしてることだし」

「そっか、うん、そうだな」

歩夢くんは納得《なっとく》したようにうなずいた。

「ならいい」

「うん、いいっしょ」

このくらいの距離《きょり》で、いい。

だらりとした姿勢で、お互《たが》いにばらばらの方向をなんとなくながめる。手に持ったグラスの中で、溶《と》けた氷が涼《すず》しげな音を立てた。

それから、いくつもの夜が過ぎていった。

秋が深まって、お互《たが》いのパジャマが半袖《はんそで》から長袖に替《か》わり、裸足《はだし》で触《ふ》れる床《ゆか》がしんと冷たくなってきたころ、オレは歩夢くんに聞いた。

「寒くなったらオレ、夜中起きられなくなるかもだけど、そろそろ大丈夫《だいじょうぶ》っしょ？」

おねしょ、という言葉は使わないでおいた。あの日から三か月が経《た》つけど、同じことは起こっていない。

歩夢くんの気持ちも落ち着いて、大丈夫だと思えるようになったなら、寝《ね》ているところにわざわざ声をかけるのはやめたほうがいいかと思ったのだ。

暗闇《くらやみ》の中で、歩夢くんは黙《だま》ったままうなずいた。

「これ、タオルと歯ブラシ」

「はいはい。カッパはここにあるよ」

よく晴れた日曜日の昼下がり。父さんは用事で外出していて、母さんは仕事。オレと歩夢くんはリビングでそれぞれ荷物を広げていた。

お金、替《か》えの下着と靴下《くつした》、バスタオル、雨具、酔《よ》い止《ど》めの薬、お菓子《かし》などなど。

二人とも、旅行の準備だ。

今週半ばにお互《たが》いの通う学校で宿泊学習《しゅくはくがくしゅう》が予定されていて、その日程が一部かぶっていた。歩夢くんが一泊二日、オレが二泊三日で、歩夢くんが一日先に出発する。

「歩夢くんはどこ行くんだっけ」

「海浜自然《かいひんしぜん》プラザ」

「ああ、ここからそんな遠くないね。オレも行き先県内だよ。どうせだったら北海道《ほっかいどう》か沖縄《おきなわ》行きたいよなー。海外でも可」

「沖縄はお父さんが前に仕事で行ってた。海がきれいだったって」

「うん、知ってる。お土産《みやげ》で星の砂もらったし」

とはいえ、行き先がどこであってもわくわくすることに変わりない。遠足や社会科見学も楽しいけど、宿泊付きのイベントは別格だ。帰るのがさびしくなって、最終日の夜には同室のメンバーが無性《むしょう》にいとしくなったりする。またすぐに教室で顔を合わせるのに。

持っていく予定で買ったラムネのふたを開けて、中身をじゃらじゃらと手のひらに出した。白くて丸い粒々《つぶつぶ》を、一気に口へ放りこむ。つまみ食いを繰《く》り返《かえ》すオレの横で、歩夢くんはしおりのリストを見ながら、まずは必要なものが全部そろっているかどうかを確認《かくにん》している。

「あれ、歩夢くん、財布《さいふ》二つ持ってくの？」

「お金を分けておけば、片方なくしてもなんとかなるし」

ペンでリストにチェックを入れながら歩夢くんが答える。

「慎重《しんちょう》だなー。ポケットティッシュとタオルも、やけに多くない？」

「予備と、予備の予備」

「そこまでいらないっしょ」

「いる。備えあれば憂《うれ》いなしって、お父さんよく言ってるし」

「でも、靴下《くつした》とかパンツまでそんなに？　バッグぱんぱんになっちゃうじゃん。備えが憂いになりますよ、みたいな」

「うるさいな、いいんだよ」

「はいはい、すいません」

だいぶ減ってしまったラムネの残りをワークパンツのポケットにしまい、オレも持ちものをボストンバッグへ次々と突《つ》っこんでいく。ティッシュも一個もらっておこうと隣《となり》を見ると、歩夢くんは手を両膝《りょうひざ》の上に置いて固まっていた。

「どした？　なんか買い忘れ？」

「どうしよう」

「買いに行こうよ、今から」

「違《ちが》う、忘れものじゃない」

歩夢くんは気まずそうに唇《くちびる》をかみ、持っていたペンをもぞもぞと動かす。

オレは歩夢くんに向き直った。

「夜が、心配？」

しばらくしてから、「うん」と歩夢くんはうなずいた。

「友だちとどこかに泊《と》まるの初めてなんだ。だから」

失敗しちゃうかもしれない。

そう口にするのも怖《こわ》いくらい、不安なんだと、歩夢くんから伝わってくる。

「こないだも言ったけど、歩夢くん、夏から一回も失敗してないよね。あれは本当の本当に、たまになんだろ？」

「半年とかに一回、くらい」

「なんだ、激レアじゃん。宿泊学習《しゅくはくがくしゅう》の日にその一回を引くなんて、逆に無理だって」

「……ゲームみたいに言うなよ」

「歩夢くんゲーム好きじゃんよ」

おどけると、歩夢くんにじろりとにらまれる。ごめん、とオレは素直《すなお》に頭を下げた。

「でも本当に、それなら大丈夫《だいじょうぶ》なんじゃないの」

「そんなのわかんない。緊張《きんちょう》して、だめかもしれないし」

「じゃあ、先生に相談するのは？　何か対策考えてくれるよ」

「やだよ。担任の先生、女の人だし」

「男の先生もいるっしょ？」

「それでもいやだ。誰《だれ》にも言いたくない。先生にも友だちにも、お父さんにもお母さんにも、絶対誰にも知られたくない。変だって思われたくないんだよっ」

歩夢くんが激しく首を振《ふ》る。

確かに、自分の身体《からだ》のことは、どんな内容でも話しづらい。恥《は》ずかしいし、話したら、その気にしている部分に注目されてしまいそうで、それもまたいやなのだ。

オレは腕組《うでぐ》みしてうなった。

歩夢くんの気持ちはすごくわかる。わかるんだけど今回ばかりは、失敗の代償《だいしょう》が怖《こわ》い。

万が一、億が一、やらかしたとして、それをクラスメイトにからかわれたら。想像するだけで、心臓がきゅっと音を立てて縮《ちぢ》む。

どうしよう。オレを見上げる目が、そう聞いてくる。

本当に、どうしよう。

オレでもわかるのは、ここで不安にさせるのがいちばんヤバいよ、ということくらいだ。
ピ、ピーと口笛でホイッスルをまねて、オレは立ち上がった。
「なんだよいきなり」

「ちょっと、ハーフタイム」

歩夢くんに手を振《ふ》り、オレは自分の部屋にダッシュした。

ドアを閉めて、頭を抱《かか》える。

何か、いいアイディアはないか。

歩夢くんの不安を軽くできるような、何か。

部屋の中をうろつき、かばんの中をひっくり返し、クローゼットの中をあさり、机の引き出しを一つ一つ開けてひっかき回す。バルコニーに出て頭を冷やし、しばらくしてからまた室内に戻《もど》り、スマホを手に取った。

約束を破ることになるけど、父さんに、もしくは母さんに、相談するべきかもしれない。だったらもう日がないし、少しでも早いほうがいい。それで、歩夢くんを病院に連れていって、何か薬をもらってくるとか。

そのほうが、きっと安全だ。

でも、確実に歩夢くんの心とプライドを傷つける。

オレだったらいやだ。歩夢くんも、約束を破ったオレには二度と相談なんかしないだろう。いったん誰《だれ》かと分け合った秘密を、また自分だけで抱《かか》えることになるのは、きついよな。

オレはスマホをベッドに放った。

「あー、どうしようかな」

両手で腰《こし》を叩《たた》いたら、ワークパンツのポケットの中がカラカラと鳴った。

さっきの食べかけのラムネだ。取り出してみると、プラスチック容器の中に白くて丸い粒《つぶ》が四つだけ残っている。

「……ラムネ」

オレの頭に、ぽん、と一つの案が浮《う》かんだ。


「これがおねしょに効く薬？」

中に白い粒が入った透明《とうめい》な小瓶《こびん》を持ち上げ、歩夢くんが聞いた。

「そ。オレも心配なとき飲んだ。そしたら大丈夫《だいじょうぶ》だったんだ」

うそだった。

その薬はニセモノ。小瓶は父さんにもらった星の砂が入っていたものだ。少しでも薬っぽく見せたくて、星の砂をビニール袋《ぶくろ》に移して空にした小瓶に、ラムネを四粒入れて手渡《てわた》した。

歩夢くんは不思議そうに小瓶《こびん》を手の中で転がす。あんまりじっくり見てほしくない。オレは早口で後を続けた。

「もうそれだけしか残ってないから、全部あげるよ。寝《ね》る前に四錠《じょう》飲んで。粒《つぶ》が大きいから、少しかんでもオッケー。子ども用だから甘《あま》いよ。それでもう絶対大丈夫《だいじょうぶ》だから。歩夢くん、スマホは持ってく？」

「持ってくわけないだろ。見つかったら怒《おこ》られるし」

「そんじゃ、これも渡《わた》しとく」

「なんだこのカード」

「テレカ」

母さんが前にくれたテレホンカードだ。いらないって言ったけど、もらっておいたおかげで意外な使い道ができた。裏には油性マジックでオレのスマホの番号を書いておいた。

「オレも使ったことはないんだけど、公衆電話に入れれば通話できるんだって。泊《と》まるところに電話あると思うから、不安になったり、眠《ねむ》れなかったりしたら、それでオレにかけてきて。いつでも、何回でもいいから」

「夜中でもいいのか？」

「うん、夜中でも」

ニセモノの薬と古めかしいテレカ。ない頭をしぼって出てきた方法は、神頼《かみだの》みとほぼ変わらないレベルだ。でも歩夢くんを安心させることは、できるんじゃないかと思った。

歩夢くんは両手に持ったものを交互《こうご》に見て、オレに尋《たず》ねた。

「この薬、本当に効く？」

どきりとした。

でも絶対に、ここで動揺《どうよう》を見せちゃいけない。

「効く」

「命賭《か》けるか？」

「うん」

「本当の、本気で？」

真剣《しんけん》な表情で、歩夢くんが畳《たた》みかけてくる。まるでケンカしてるみたいだ。

オレは負けないようにうなずき、歩夢くんの目を見て言った。

「賭けるよ」

数日後の早朝、歩夢くんはオレより一足先に出発した。

霧《きり》がけぶる、少し肌寒《はださむ》い朝だった。

母さんが歩夢くんを小学校まで車で送っていくことになっていて、オレと父さんはパジャマのまま、家の前で歩夢くんを見送った。

「気をつけて楽しんでおいで」と声をかける父さんの隣《となり》で、オレはただ手を振《ふ》った。歩夢くんは普通《ふつう》に「いってきます」とだけ言って助手席に乗り、出かけていった。

玄関《げんかん》に並べてあった二つの荷物は一つ減って、その日オレは制服のポケットにスマホを入れて学校に行った。校則違反《こうそくいはん》、やむなし。休み時間のたびにトイレや物陰《ものかげ》で着信履歴《ちゃくしんりれき》をチェックした。いつでも連絡《れんらく》していいよとは言ったけど、歩夢くんだって宿泊学習《しゅくはくがくしゅう》の最中なのだ。なかなか一人にはなれないし、公衆電話だってそうそうは見つからないだろう。

夜もスマホを握《にぎ》ったままベッドに入ったけど、朝まで着信は一回もなかった。

歩夢くんに一日遅《おく》れてオレの宿泊学習も始まり、宿泊先の生涯学習《しょうがいがくしゅう》センターでカレー作りやらダルマの絵付けやらをして、その合間に隙《すき》を見て何度もスマホを確認《かくにん》した。

一日目が過ぎ、二日目の夕食と入浴が終わって、部屋に布団《ふとん》を敷《し》くころになっても、歩夢くんからの連絡はないままだった。

宿泊学習、どうだったんだろう。無事終わったんならいいけど。

報告の電話くれてもいいじゃん、と思うけど、そんな約束をしたわけじゃないし、待ってないでこっちから連絡すればいいのに、結果を聞くのはなんだか怖《こわ》い。

オレの問題じゃないのに、オレのことのようにはらはらして、そわそわして、めんどうくさい。

布団《ふとん》の上で腹ばいになっていると、頭を上からぐしゃぐしゃにかき回された。

「うわっ、なんだよ」

「光介ー、いくらスマホ見てても、女子からの呼び出しは来ませんよー」

「うるせーなあっ」

そろそろスマホを充電《じゅうでん》したほうがよさそうだ。ため息をついて立ち上がり、部屋の隅《すみ》に置いてあった自分のボストンバッグを開ける。あれ、充電器《じゅうでんき》、どこに入れたっけな。前ポケットのチャックも開けてごそごそ探《さぐ》ると、小さく折りたたまれた紙が出てきた。その四角の真ん中に、固くころころとした感触《かんしょく》がある。

なんだろ、これ。開いていくと、ノートの切《き》れ端《はし》のような紙で二重に包まれていた中身が、ぽろっと転がり落ちそうになった。

オレの手のひらにのった、二つの白くて丸い粒《つぶ》。

ラムネだ。

「え？　なんで？」

これはさすがに、父さんのサプライズじゃないよな？

首をひねったそのとき、畳《たたみ》の上でスマホが震《ふる》えた。表示されているのは歩夢くんの名前だ。ラムネと紙を握《にぎ》ったままベランダに走り出て、通話ボタンをタップする。

「もしもしっ?」

ベランダから見える暗い林が、風でざわざわと揺《ゆ》れていた。標高の高い場所にいるせいか、空気が澄《す》んでいて、冷たい。

「もしもし」

少しくぐもった歩夢くんの声がした。

スマホを握る手に力がこもる。もしもし言ったきり、歩夢くんはしゃべらない。話し出すのを待っているうちに、コンクリートを踏《ふ》んでいる素足《すあし》がだんだん冷えてくる。どうだったんだっ?と叫《さけ》びたくなるのをこらえ、その場で地球が震《ふる》えるくらい足踏みしていると、

「薬、気づいたか?」

ひそめた声で、歩夢くんが聞いた。

「ああ、うん。さっき」

「おっそ」

「しゃーないじゃん。これ、オレが歩夢くんに渡《わた》したやつ?」

「そうだけど」

「だよな。どうしてオレのバッグに入ってんだ？」

オレが小瓶《こびん》に入れたラムネは、全部で四粒《つぶ》だった。寝《ね》る前に四錠《じょう》飲んでと歩夢くんに言ったはずだ。そうすれば絶対、大丈夫《だいじょうぶ》だからと。

なのになんでそのうちの二粒がこっちにあるんだ。

「まちがえた」

「まちがえたぁ？」

オレはすっとんきょうな声を上げてしまった。

「念のために、薬を二錠ずつに分けといたんだ。片方はバッグ、もう片方はズボンのポケットに入れとこうと思って」

「ああ。そういえばお金もそんなふうに分けてたっけ」

「うん。でも入れるバッグをまちがえた」

「ふーん？」

確かに、オレたちの荷物は玄関《げんかん》に並べて置いてあったけど。

慎重派《しんちょうは》なのに、肝心《かんじん》なところでうっかりしてるな。

「だけどまあ、半分でも効いたし」

歩夢くんはさらりと言った。

効いた。

ってことはおねしょ、大丈夫《だいじょうぶ》だったんだ。

「……よっ」

よかった！

叫《さけ》びかけて、口に拳《こぶし》を当てる。身体《からだ》から力が抜《ぬ》けて、ぐにゃりと手すりにもたれかかった。歩夢くんもほっとしてるんだろうな。でも、なかなか喜びの声は聞こえてこない。

「だから、コースケも、飲めば」

「え？」

「その薬」

「や、歩夢くんに返すよ」

「返さなくていいんだよ。ばか」

「ばかとはなんだよ。人がせっかく」

「うるさいな。飲まなきゃ、意味ないんだよ」

じれったそうな声が届く。意味ないってなんだよ、と聞き返そうとして、突然《とつぜん》気づいた。

わざとだ。

オレが去年までおねしょしていたと言ったことを歩夢くんは覚えていて、それで薬の半分を、わざと入れまちがえたのだ。オレも夜、失敗しないように。だからうるさく繰《く》り返《かえ》すのだ。

「飲めよ」と。

あんなに不安がっていたのに、薬を、オレに分けたんだ。

あのドイツ映画の、弟の靴《くつ》ひもを結んでやった兄ちゃんを見たときのように、じわっと胸が熱くなった。

「歩夢くん、やっぱり兄ちゃんになる?」

手の中のラムネを、しっかり握《にぎ》りしめる。自然と笑いがこぼれた。この先、ラムネを見るたびに今夜の気持ちを思い出すんじゃないか。オーバーでなく、本当にそう思った。

「きっと向いてるよ。で、オレは弟になる。そのほうがいいって」

さらにおどけてみる。ばかなこと言うな、という返事を予想したけど、

「それは、兄弟解散、終わりってことか?」

とまどいと笑いが混じったような声で、歩夢くんは言った。

「解散終わりって、なんか意味わかんないね。まあ、でも、解散終わる? もう一回、兄弟やってみる?」

「別に、どっちでもいい」

「言うと思った」

「っていうか、それで今と何が変わるのか、わかんない」

「だね。オレたち自身が変化するわけでもないし」

兄弟と決められていた間は、とことんすれ違《ちが》っていた。

自分たちで解散してみたら、こうしてお互《たが》いを助け合っている。

おかしな話だ。でも、わけがわからない分、自由だ。おもしろくなってきたと思っている自分がいる。そしてたぶん、歩夢くんも。

「じゃあ、とりあえず、オレが明日帰ってから決める？」

「そうする」

オッケー、とオレは笑って、分け合った秘密の薬を口に含《ふく》んだ。

白くて丸い二つの粒《つぶ》は、しゅわっと舌の上で爽《さわ》やかに溶《と》けた。

夜の間だけ、シッカは鏡にベールをかける

黒川裕子

「おいサンババア、何だよあれ。ぜんっぜん、似てねーし。よく美術の先生に怒《おこ》られなかったな」

放課後、みんなが部活の支度《したく》をしたり、帰る準備をしたりしている教室で、湯浅巧《ゆあさたくみ》が教室入り口側の壁《かべ》の一点を指さしてそう言った。巧が指さしたのは、昨日美術の時間に描《か》き上《あ》げたばかりのシッカの自画像だった。クラスはストップモーションをかけたみたいに一瞬《いっしゅん》しんと静まりかえって、それからまたざわつきだした。

(いち、に、さん……)

シッカはうつむいて、全部で十七個ある机の傷をまた数えはじめる。

市川市立布野島中学校《いちかわしりつぬのじまちゅうがっこう》二年三組がスタートしてから三か月になる。

巧にサンババアと呼ばれた回数はもう数えきれない。

加藤《かとう》トモミ・フランシスカ。それがシッカのフルネーム。

「シッカ」はフランシスカの愛称《あいしょう》だ。父母は一人っ子のシッカを、赤ちゃんのころからシッカと呼んでいた。おかげで、クラスメートにトモちゃんと呼ばれても、何だか自分の名前のような気がしない。

シッカの父はサンパウロ生まれの、アフリカ系のブラジル人だった。地元市川市でブラジル料理店を営業している。母は日本人のサンバダンサー。小さなサンバ教室を開いていて、浅草《あさくさ》サンバカーニバルにも毎年チーム出場していたりする。

母親がサンバダンサーだから、シッカまで、まとめてサンババア。シッカ自身はブラポル語（ブラジル・ポルトガル語、ブラジルで話されているポルトガル語）も話せないというのに。こんな迷惑《めいわく》なことがほかにあるだろうか。

はじめは、「やめなよ」とたしなめていたクラスの女の子たちも、最近はスルーしている。中にはくすっと笑っている子もいるのを、知っている。男子は無視しているか、そうでなければ、うまいこと言ってんじゃねえよとか、でたサンババアとか、とはやしたてるだけだ。

少しずつ、サンババアという言葉が、クラスに浸透《しんとう》している。

ほかの子と肌《はだ》の色が違《ちが》うことが、はじめて気になったのは幼稚園《ようちえん》の年中のころだった。

クラス一の悪ガキだったリョウくんに、「チョコ、チョーコ」とはやしたてられたのがはじまりだ。チョコレートは大好きだけれど、もちろん名前ではなかったので「ちがうもんっ」と言い返してリョウくんの顔をにらんだ。だけど気づいてしまったのだ。違うのはシッカの方だった。

シッカの肌《はだ》はほかの子たちと違《ちが》って茶色だった。パーマもかけていないのに、髪《かみ》の毛《け》は、どれだけとかしても、くるりと巻いてしまう。濃《こ》くて長いまつげも、立派に天井《てんじょう》を向いている。鼻はわし鼻で、ほかの子たちよりかなり高くて、大きい。

その日の夕食後、意をけっして「シッカちゃんて、チョコなの？　茶色いから……？」と両親にたずねてみた。するとパパとママは顔を見合わせて、にっこり笑って、おまえは茶色い子だよ、パパとママが愛する、魔法《まほう》のチョコみたいに可愛《かわい》い茶色い子だよ。そう言った。

黙《だま》ってうなずきながら、シッカは、本当は首をかしげたかった。だってそんなの、

（聞いてないし）

いまならきっと、そう突《つ》っ込《こ》むことだろう。

五歳児《さいじ》だって、大人のごまかしはわかるのだ。何も魔法のチョコの色をたずねたわけじゃない、パパとママが、シッカをいつも可愛いというのはわかっている。

シッカが知りたかったのは、ほかの子から見た、自分のことだ。

なぜ肌の色がみんなと違うの？　どうしてリョウくんはからかうの？　茶色いとダメなことが

あるの？　そういった疑問は、両親が標準装備している「シッカ愛してる」ボタンを押《お》した瞬《しゅん》間《かん》になかったことになって、シッカは二の句を継《つ》げなくなってしまった。知りたいのは、自分がどんなふうに人と違《ちが》うか、ということなのに。

――一つわかることは、いまのシッカは、ただ、ただ、自分のすがたが嫌《きら》いだ。茶色い肌《はだ》とくるりと巻く髪《かみ》とわし鼻、ついでに百七十センチ近くにまで伸《の》びてしまった身長、それらが嫌いな自分、何もかもが気に入らないのであって、学校とはすなわち、十七個ある机の傷を毎日数えなおしにいくためだけの場所だ。

本当はダンスは嫌いじゃないけど、そんなことは意地でも口にしない。たぶん、母親の思いどおりになるのがいやで、習っていたモダンバレエも小学校五年生のときにやめた。親の前で踊《おど》ったのは小六の運動会での創作ダンスが最後だ。

「……なあ、何とか言えって、サンババア。何でホントの色に塗《ぬ》らねーの？　しゃべれないんなら踊れよ。サンバ、得意なんだろ」

机の前に立った巧が、いらだったように追い打ちをかける。気まずい雰《ふん》囲《い》気《き》は消え、クラスメートはめいめいのおしゃべりや小《こ》突《づ》き合《あ》いに戻《もど》っていた。まるで、シッカと巧をクラスの風景から切《き》り離《はな》すことを決めたかのような空気だった。

シッカは、しかたなく、壁《かべ》にピンどめされた自分の自画像を横目で見た。

白色とオレンジ色を混ぜた、薄橙色《うすだいだいいろ》で顔を塗《ぬ》った、わりにまっすぐな鼻をした「加藤トモミ・フランシスカ」の自画像がそこにはあった。

全然似ていない。違《ちが》う。違うということくらい、わかっている。

思ったとおり、巧は冷たい笑《え》みを浮《う》かべて、シッカを見下ろしている。

——紅茶色の肌《はだ》。彫《ほ》りの深い顔立ち。黒髪《くろかみ》で、目が大きい。

巧もまた、シッカと同じハーフなのだった。

ただし、巧のママはフィリピン人。パパは日本人だ。

クラス替《が》えでいっしょになった巧のことを、じつは、クラスの中で、シッカだけが幼いころから知っている。市川にはアースビレッジという名前の多国籍《たこくせき》コミュニティがある。アースビレッジ、つまり、地球村。市内の外国人や海外にルーツを持つ家族が集まって、イベントや文化講座を開いたりするコミュニティだ。校区は違ったが、巧の家族もシッカの家族も、小学生のころにアースビレッジに出入りしていたのだ。

中学の入学式で見かけて、あ、と思った。でもじっくり顔を合わせたのは二年生になってからだ。

シッカもクラスになじんでいるとはいえないが、巧ははっきり浮いている。ハンドベル部の幽《ゆう》霊部員《れいぶいん》であるシッカと違って部活に入るそぶりすらないし、クラスのだれともほとんど話をしない。宿題や教科書はたびたび忘れる。教師には目立って逆らわないが、シッカにだけはイジメまがいの嫌《いや》がらせをする。

——そうかと思えば、巧は、自画像の肌《はだ》の色を、ちゃんと茶色に塗《ぬ》る。

きっとシッカと違《ちが》って、自分のルーツに、肌の色に、誇《ほこ》りを持っているのだろう。

何なのよ、とシッカは巧から目をそらした。

（あたしがチョコなら、あんたは紅茶？　そのあんたが、あたしを、なにか汚《きたな》いものでも見るみたいに見るなんて）

アースビレッジ時代、巧とは、まあまあしゃべる、くらいの友だちだった。巧は明るくて、多《た》国籍《こくせき》で多文化な友人たちの中でも、冗談《じょうだん》ばっかり言って笑ってるウルサイやつという印象が残っている。

小四のときのサマーキャンプでは、いっしょにダンスのワークショップに参加したこともある。だからクラスで巧だけは、シッカがじつはダンスが好きなことを、知っている。

入学式でも、目が合ってお互《たが》い「おっ」と手を上げるくらいはした。なのに、この春クラスで再会した巧はがらりと雰囲気《ふんいき》が変わり、暗く冷たい目でシッカを見る。

マンションの家に戻《もど》って、コップ一杯《ぱい》のマンゴージュースを飲み干して、私服に着替《きか》える。パパはお店、ママはサンバ教室で家にいない。

約束の時間は十六時半だった。財布《さいふ》とスマホを入れたバッグをつかんで徒歩五分のJR本八幡《もとやわた》駅《えき》にダッシュする。総武線《そうぶせん》各駅停車に乗って秋葉原《あきはばら》まで。

駅ビルのアトレに入っているアジアンカフェで、樹里《じゅり》が待っていた。

「シッカ、おっそーい。五分遅刻《ちこく》っ」

てらてらピンクのグロスをつけた唇《くちびる》を尖《とが》らせ、テーブルの向こうからシッカをにらむ。シッカは、ごめんごめんと両手を合わせた。

樹里もアースビレッジ仲間の一人で、同じ中二の女の子だ。もう一つの名前は、ジュリアという。樹里のパパの国、アメリカではそっちの名前を使うらしい。

樹里のパパはアメリカ人で、ママは日本人だから、やっぱり樹里もハーフということになる。ややこしいけれど、パパはフィリピン系だから、樹里はフィリピン人のクォーターでもあるというわけだ。南の島の花を思わせる、ほんのりエキゾチックで綺麗《きれい》な顔立ちをしている樹里。多民族のいいとこどりじゃん、なんて、見ていると胸がちくっとすることがある。

樹里は小六のころに都内に引《ひ》っ越《こ》してしまった。会ったのは一か月ぶりだ。

最初の十分は近況報告《きんきょうほうこく》をして、クラスの話をぽつぽつとする。サンバのせいで、からかわれていることは秘密にした。樹里には、学校に居づらいことも、巧の話もしたくない。同じハーフなのに、シッカと違《ちが》って順風満帆《じゅんぷうまんぱん》な友だちに、弱みを見せたくない。つまらないプライドかもしれないけど。

憂鬱《ゆううつ》な気持ちは、おそろいで頼《たの》んだタピオカミルクティーつきケーキセットを食べ終わらないうちに、別の愚痴《ぐち》になってこぼれた。

「最近さ、パパがブラジルの話ばっかりしてきてさ……」

太いストローでカップの底のタピオカをかきまぜながら、ため息をつく。

――これも、最近のシッカの悩《なや》みごとの一つ。

「なに、何のアピールなのそれ」

「わかんない。とにかくブラジルに一回行ってほしい、的な」

近ごろ、シッカのパパはブラジルにいる親戚《しんせき》の子の話をしてきたり、自分が子どもだったころの思い出を急に語りだしたりと、しきりにブラジルの話を持ちだしてくる。

樹里はアメリカ合衆国《がっしゅうこく》と日本《にっぽん》の国籍《こくせき》、シッカは、ブラジルと日本の国籍を持っている。いわゆる二重国籍というものだ。

――日本では、二重国籍を持つ子どもは、二十二歳《さい》になるまでに日本国籍を選んで日本人になるかどうかを選ばなくてはいけない。日本国籍を選ぶと、よその国の国籍は、捨てなくてはならないのだ。

シッカも樹里もいつまでも無関係ではいられない話である。

父親もまさかシッカにブラジル国籍《こくせき》を選んでほしいわけではないだろうが、あまりブラジルの話ばかりされると、どきりとしてしまう。

「あー、それめんどくさい系だ。でも、アピールだけなら無視でよくない？　ウチなんかこないだ、露骨《ろこつ》に国籍選択《こくせきせんたく》の話されたし。パパに。もう中学生だからとかいって。ウチ、そんなのまだどうでもいいって言ってんのに」

樹里のウチ、はだいぶ紛《まぎ》らわしい。

「前から思ってたんだけど、なんで自分のことウチっていうの。ウチって家のこと指すときあるでしょ、わかりにくいって」

「みんな使ってるでしょ。何でも元々は関西弁らしいよ。あっちじゃ自分のことウチって言うんだって」

「樹里、生まれも育ちも千葉《ちば》じゃん」

「リアリイ?」

「樹里が知ってるのを、あたしも知ってますけど」

呆《あき》れてつぶやいたシッカに、樹里は大口開けて笑った。

「まあ、ウチらってどっちの国も選べて、お得だよね。有利な方を選択したらいいし」

「有利って?」

「会社設立しやすいとか、税金安いとか、年金いっぱいもらえるとかさあ。あっ、でもでも、それか、ウチが結婚《けっこん》したい彼氏《かれし》がいる国!」

「わかんないけど、打算まみれだね……」

ギャル系ファッションに派手めなメイクでちょっと軽そうに見えるが、樹里の言動はいつも大人びている。樹里のパパは樹里が生まれる前に外資系コンサルタント企業《きぎょう》の重役として日本に赴任《ふにん》してきた。家だって、都内一等地の大きな一戸建てに住んでいるお金持ちだ。BBQ《バーベキュー》と日本のアニメ映画が大好きな樹里パパは、もしかしたら、娘《むすめ》にひそかに英才教育をしているのかもしれない。じつは、そういったところも、どうしても自分と比べてしまう。

もやもやしたものを呑《の》み込《こ》んで、シッカはあやふやな口調でつぶやいた。

「何かもっと、ルーツとかアイデンティティとか、あるでしょ。たぶん」

正直、はっきりと考えたことはないけれど。

樹里はほっぺをすぼめて黒いタピオカを吸い上げると、からりと笑った。

「国籍《こくせき》なんてさあ、しょせん便宜上《べんぎじょう》のものじゃん。それに対して本人がYESっていえばアイデンティティになるし、拒否《きょひ》れば、えーと、コンプレックス? ほんと曖昧《あいまい》だよね、つかウケる。ウチらどーせ全員アフリカ出身だってのにさあ」

「ア、アフリカ？」

「そ。人類発祥《はっしょう》の地じゃーんっ」

だめだ、とシッカは瞬《まばた》きした。めまいがする。

「とにかく、そんなもん、考えるだけ無駄《むだ》、無駄。どこで暮らしてもウチはウチじゃん？　だったら、ウチにとって条件いいとこにするって」

言葉の意味をかみしめるより先に、脳内に〈ウチ〉が無限増殖《ぞうしょく》してゆく。樹里の行動原理はシンプルだ。アイ・ラブ・ウチ。

「……何かあたし、樹里としゃべってると変な病気になりそう……」

「病院いけば？　あ、保険証と間違《まちが》えてブラジルのパスポート出すなよぉ。あ、ウケる」

樹里は手を叩《たた》きながら笑っている。お得意のグローバルジョークのつもりなのかもしれない。でもやもやが大きくなる。樹里は頭がよくて、何にでもウケて、自分を知っていて、ぶれない。でもこんなふうにジョークにできない。シッカには。

——半分《ハーフ》。混合《ミックス》。二重《ダブル》。

すべて、シッカたちのような、両親の出身国や民族が異なったり、国籍《こくせき》を問わず複数の文化を背景にして育った子どもたちを言いあらわす言葉だが、どの呼び方も、シッカにはしっくりこない。クラスメートにトモちゃんと呼ばれるのと同じで、心のどこかで「そんなの、あたしじゃない」と感じる。

でもそれなら〈あたし〉はどこにいる？　どんな名前で呼ばれて、どう感じるのが自分らしいということなのだろう。樹里の〈ウチ〉じゃないけれど。

考えれば考えるほど、わからなくなる。

自画像なんて描《か》いても描かなくても、自分のすがたを、シッカは知らないのかもしれない。

（樹里なら、呼び方なんて何でもいいって言いそうだけど……）

国籍《こくせき》を選ぶことにすら柔軟《じゅうなん》でいられる樹里に巧のことを打ち明けて、サンバ超《ちょう》かっこいいじゃん、とか、笑いとばされた日には、樹里のことを本気で嫌《きら》いになってしまいそうだ。

樹里と違《ちが》って、シッカの世界はあそこにある。二年三組の教室、黒板に向かって左から二列目、前から三番目の、傷だらけの机の上……。

そのはずなのに、クラスにうまくなじめずにいる。

まるで、トモちゃんと呼ばれて曖昧《あいまい》に笑っている自分や、巧に言い返すこともできずにうつむいている自分を、もう一人の自分が教室の天井《てんじょう》から見ているみたいだ。

シッカはほかのクラスメートたちと違う。

それは、普通の日本人の子にはきっとわからないことだ。

生まれ落ちたときに「フツウ」を与《あた》えられ、自分と同じ髪《かみ》と目の色をした大勢の「フツウ」に囲まれていて、疑うことなく、ためらうことなく、薄橙《うすだいだい》色《いろ》に肌《はだ》を塗《ぬ》って自画像を描《か》けるあの子たちと、シッカが、同じはずがない。

クラスメートのママに「日本語が上手だね」と声をかけられる。パパと電車の座席に座《すわ》ったときは、左右の席が最後まで空いている。公園で遊んでいても、ひとりだけお友だちから声をかけられない。「チョコ」ならまだいい方、もっと汚《きたな》い言葉で肌の色をからかわれたこともある。物心ついたころから、それがシッカの当たり前になってしまっていた。

それでも、みんなと同じ教室でやっていかなければいけないとわかっている。友だちだって「フツウ」に増やしたい。自画像のことは、半分自暴自棄《じぼうじき》のようなものだったのかもしれない。だってありのままの自分を描《えが》いたところで、どうせクラスになじめやしなかった。

巧のせいで、シッカはクラスですでに「サンババア」で固定されかかっているのだから。数少ない友だちの女子だって、このままでは、きっと離《はな》れていく。

両親には言いたくない。だれにも相談できない。

どうしたら、いいんだろう……。

ストローをいじりながらグルグル思《おも》い悩《なや》んでいたとき、樹里がこんなことを言って、息が止まるかと思った。

「そういやさ、アースビレッジにタクっていたじゃん。湯浅巧」

シッカは数秒黙《だま》り込《こ》んだあと、ぎこちなくうなずいた。

「……うん、同じクラス」

「あ、そなの？　タクのママ、うちのママと昔からけっこう仲良くってさ。でも突然《とつぜん》音信不通になっちゃって……最近フィリピンコミュの噂《うわさ》になってたんだけど、どうも今年の三月にフィリピンに強制送還《きょうせいそうかん》になったって」

「えっ、どうして⁉」

シッカの大声に、周りのテーブル客が振《ふ》り返《かえ》る。

大声も出したくなるというものだ。強制送還（退去強制）といえば、密入国者や犯罪者が、入管《にゅうかん》──入国管理局によって審査《しんさ》され、最終的には日本国外に退去を命じられることをいう。外国人家庭の子なら、一度は聞いたことがある言葉だろう。

「何でもさ、タクのパパと会う前に、観光ビザで日本に入って、そのまま不法滞在《オーバーステイ》して働いてたんだって。それから、ずっとそのまま」

「でも家族で住んでたよね？　不法滞在してるのに結婚《けっこん》ってできるの？」

「事実婚ってやつだったらしーよ。タクはパパの戸籍《こせき》に入ってたんだって。不法滞在してたんなら健康保険証もないし、タクのママ、病院とかどうしてたんだろうね？」

もしかしてヤミ医者ってやつかな、と首をかしげる樹里。

「タクは日本人の子どもで日本国籍《こくせき》持ってるから、このままふつーに学校にも通えるらしいんだけどさ。ママは十年以上隠《かく》してたのが悪質だっていうんで、一発アウトで強制送還《きょうせいそうかん》くらったって」

樹里は少し真面目な顔つきになって、少し声のトーンを落とした。

「……タクさ、ママの不法滞在《オーバーステイ》のこと知らされてなかったらしいよ。パパは知ってたらしいけど。地球村にも色々あるよね、ほんと」

遅《おそ》い夕飯は、久しぶりに父親がお店から持ち帰ってきたフェジョアーダと炊《た》きたてご飯、パモーニャ、それからランチビュッフェの余りのサラダ。フェジョアーダは豆と肉類の煮込《にこ》み料理で、パモーニャはトウモロコシ粉で作ったブラジル版ちまきだ。

テーブルに並んだフェジョアーダを見て、シッカはうんざりした。

絶対くるぞ、と確信したからだ。

案の定、教室帰りのママと、パパと、シッカで囲んだ夕食の最中に、パパのミゲウが何気ないふうに切りだした。

「そうだシッカ。今度の夏休み、少し長めにサンパウロに滞在《たいざい》しないか？　おばあちゃんの作るパモーニャは一級品だよ。……父《パパイ》さんは、シッカに、ブラジルのことももうちょっと知ってほしいな。袖振《そでふ》り合《あ》うも多生《たしょう》の縁《えん》というだろ。シッカはブラジルの魂《アルマ・ブラジレイラ》を受《う》け継《つ》いでいるんだから、もっとだ」

やっぱり、とシッカは辟易《へきえき》した。

トイレに昔から『日本ことわざ辞典』が置いてあり、「開いた口へぼた餅《もち》」とか「千丈《せんじょう》の堤《つつみ》も蟻《あり》の一穴《いっけつ》から」とか、日本のことわざを妻の由美《ゆみ》よりよく知っている父にも、ブラジルへの強い思いがあるのだろうか。

ミゲウが日本でブラジル料理店を開いて、今年でちょうど二十年になる。ブラジルのリオデジャネイロで妻の由美に出会い、日本に移住し、シッカが生まれた。ご近所付き合いも好きだし、シッカの目にはすっかり日本に溶《と》け込《こ》んで暮らしているふうに見えるのだけれど。

「へえ。いいんじゃない、シッカ?」

由美は、ミゲウの話にほがらかに相づちを打っている。

由美がシッカを産んだのは三十七歳《さい》だから、今年の八月で五十一歳のママになる。もうけっこうな歳《とし》なのに、サンバ教室のカラーに合わせているのか知らないが、やたら化粧《けしょう》が濃《こ》い。小学生のころから、クラスの中でもかなりの高齢《こうれい》ママなのに、原色の洋服とどピンクの口紅で参観にくる由美が、心のどこかで恥《は》ずかしかった。

「そういえばね。今年の浅草のカーニバル、新規出場のチームが二つもあるんだって。わざわざ、福岡《ふくおか》からくるらしくって。何でもブラジルにダンス留学した人がリーダーでね、すっごくレベルが高いチームで……」

ミゲウの話が終わるやいなや、目をキラキラさせて、サンバの話。こっちもまたか、とシッカは嫌気《いやけ》がさす。パパはブラジル、ママはサンバの話ばかり。ブラジル料理とサンバのサンドイッチとか、最悪だ、最悪。

不機嫌《ふきげん》に黙《だま》りこくって、ご飯のプレートにフェジョアーダの汁《しる》を乱暴にぶっかけているシッカのようすに気づかず、由美はサンバトークに余念がない。

腕《うで》の振《ふ》りがどうの、腰《こし》のバウンスがどうの、まるきり興味のないダンスの話を右から左に聞き流しながら、シッカは巧のことを考えていた。

巧の家が、そんな大変なことになっていたなんて。本人はそんなそぶりを少しも見せていなかった。先生はきっと知っていたのだろう。でもクラスのみんなは知らないはずだ。たぶん、クラスの中で、シッカだけが知っている秘密……。

明日巧に会ったとき、どんな顔をすればいいのかわからない。サンババアと罵《ののし》るとき、巧はいったい何を考えているのだろうか。

(樹里のばか。おしゃべり)

巧のママの話なんか、聞かなければよかったのに。

「お教室の内田《うちだ》さんも、今年こそ自前で衣装《いしょう》をそろえるってはりきってるのよ。それで――」

どピンクの口紅の残る唇《くちびる》がしゃべりつづける。

もう、うるさい。

気がつくと、さっきまで座《すわ》っていた椅子《いす》が後ろに倒《たお》れていた。椅子を蹴《け》りとばすようにして、席を立つ。テーブルがしん、と静まりかえる。

目を丸くしている両親に向かって、声を荒《あら》らげた。

「サンバの話なんか、もういいよ！　あたし、サンバって大《だい》っっ嫌《きら》い！」

やっとまずいことに気づいたという表情で、由美がおずおずとシッカにささやく。

「――どうしたのシッカ。学校で何かあったの？　何か嫌《いや》なこと、言われた？」

「べつに、って言ってほしい？」

サンバのせいで嫌なことを言われるかもしれないって自覚はあるんだ、と皮肉に思う。そこまでわかるのに、シッカの気持ちだけ、わからないのか。

「シッカ、母さんは……」

身を乗りだしたミゲウをきっとにらみつける。

「パパだって、最近ブラジルのことばっかり言って、何よ。あたし、ブラジルなんかに興味ないのに」

「でもパパイの故郷だよ。おまえのふるさとでもある。シッカは日本生まれの日本育ちだけど、パパイは、選択肢《せんたくし》は多い方がいいと思っているよ」

「――それって、国籍選択《こくせきせんたく》のこと言ってる？」

「国籍なんて気にしなくていい。おまえはれっきとした日本人だし、パパイが言ってるのは人生をもっと豊かにするための、そうだな……心の選択肢みたいなもののことだよ。パパイはただ、一度シッカにブラジルの空気を吸ってほしいんだ。ブラジルには、日本からの移民がたくさんいて、昔から現地に溶《と》け込《こ》んで暮らしている。みんな、シッカを歓迎《かんげい》してくれるよ」

ミゲウは穏《おだ》やかな表情でシッカを見つめる。

優《やさ》しく教えさとすような口調に、シッカはひどくイラッとする。

何が心の選択肢だ。どうして、シッカまでブラジルに興味があるかのように話すのだろう。押《お》しつけだとは思わないのだろうか。れっきとした日本人だなんてよく言えるよね、と出かけた言葉をぐっと呑《の》み込《こ》んだ。

だいたい、ブラジルで歓迎されて何になるのだろう。ブラジルは父親のふるさとであって、ミゲウの言うとおり、シッカは日本で生まれた日本の子だ――見た目はどうあれ。故郷《ホーム》のはずのここで居場所のない自分が、異郷《アウェイ》でなら愛されるかもなんて、どうでもよすぎて、泡《あわ》になって弾《はじ》けそう。

シッカの悩《なや》みは、行ったこともない遠いブラジルなんかにはない。

いま、ここ、目の前にしかない――。

クラスの壁《かべ》に貼《は》りつけられたニセモノの自画像。巧の冷たい眼差《まなざ》し。本音を伝えることもできない親友がストローですすったブラックタピオカ。それがいまの、シッカの悩みのすべてだというのに。

「……いいかげんにしてよ……」

火山になったシッカの口から溶岩《ようがん》がどろっとあふれだす。

「勝手すぎるよ。ママはサンバを選んで、ブラジル人のパパを選んだ。パパはママと日本を選んで、日本に住んでいまハッピー。よかったじゃん」

手元のスプーンをにらんでいた視線を上げて、やっと両親の顔を見まわす。

「……でもあたしは、何にも選んでないのにこうなったっ。ママだってさ、うちの学校でサンババアって呼ばれてんの知ってる？　いい歳《とし》して、サンバでも何でも勝手に踊《おど》ってればいいけどさ。あたしを、巻《ま》き込《こ》まないでよ！」

由美がぎくりと顔をこわばらせた。いつかテレビで見た、漁で船揚《ふなあ》げされてすぐに電気ショックで殺されるマグロみたいに、一瞬《いっしゅん》で、目がうつろになった。ミゲウはまったく言葉をなくしている。

これまで、大声を上げてキレたこともほとんどないし、傷つけようとして母親を傷つけたこともない。母方の祖母の形見のピアスを排水口《はいすいこう》に落としてしまったときも、授業参観にきた由美と目を合わせなかったときも。

（でも、ママがサンバをやっていなかったら、こんな思いをせずにすんだのは事実じゃない）

いまのシッカは、「傷つけてごめんなさい」どころか、青ざめたママの顔を見てザマアミロなんて思っている、いやな子だ。悪意というやつは、返す刀で自分を斬《き》る。電気ショックを受けたのは、シッカも同じだった。


部屋のドアを乱暴に閉めて、ベッドに身を投げだした。

朝起きたときのまま、くしゃくしゃにわだかまっているタオルケットに顔をうずめる。

パパもママも何もわかっていない。もっと言って《キズツケテ》やればよかった、というヘドロじみた気持ちと、少しの後悔《こうかい》とでぐちゃぐちゃになりそうだ。

タオルケットにわずかに残っている清潔な洗剤《せんざい》の香《かお》りをかいで、やっと少し気持ちが落ち着く。

シッカはベッドから身を起こすと、ベッドサイドに置いてあったiPodのワイヤレスイヤホンを両耳に押《お》し込《こ》んで、お気に入りのKポップを大音量で流した。こんなときこそ、ああ、思いきり身体《からだ》を動かして踊《おど》りたいのに。

赤くなった目をこすりながら、机の横にあるルームミラーに、クローゼットから適当に抜《ぬ》きだしたワンピースをバサッとかける。身長より少し背の低い、縦長で、緑色の木枠《きわく》のルームミラーを洋服で覆《おお》う、いつもの儀式《ぎしき》。

――夜の間だけ、シッカは鏡にベールをかける。

鏡がキライなのと自分が嫌《きら》いなのは、たぶん同じことだ。

朝の身支度《みじたく》をするときも、お風呂《ふろ》のときも、自室でも、極力鏡を見ないようにしている。鏡は現実を突《つ》きつけてくる。いまのシッカが見たくないものを……。

朝、部屋を出るタイミングでワンピースを取り去るのは、昼間は両親、とくに母親が勝手に部屋に入ってくることがあるからだ。気づかないかもしれないけど、剝《む》き出《だ》しの自分の気持ちをさらすようでイヤだった。

(サンババア。巧。フェジョアーダ。ブラジルの魂《アルマ・ブラジレイラ》……)

頭の中に、ハチが飛び回るように、不安な言葉が飛《と》び交《か》う。

洗剤《せんざい》の匂《にお》いをかいでルームミラーにカバーをするだけでは、足りない。

夜の九時半だった。シッカは何も持たずに自宅マンションを飛びだした。

リビングにいた両親には止められたが、コンビニに行くと言い放ってゆうづる公園《こうえん》に向かう。財布《さいふ》を持って出なかったことに、気づかれたかどうか。

お気に入りのゆうづる公園は、JR本八幡駅南口から高架《こうか》に沿って、メディアロードを東に進むと高架下にあらわれる、小さな公園だった。元々は駐車場《ちゅうしゃじょう》だったらしいそこは公園とは名ばかりで、がらんとしたアスファルトの敷地《しきち》に、いまだに何に使うのかわからない謎《なぞ》の遊具があるだけの場所だ。自分以外に人がいるのをほとんど見たことがないが、一人になれるそこを、シッカは気に入っていた。

(……しばらく頭を冷やしてから、家に帰ろう)

だが、今夜のゆうづる公園には先客がいた。

申し訳程度に設けられている入り口から公園に入る前から、音楽がきこえる。どん、どん、どん、と響《ひび》く重いビート。しゃかしゃか鳴る英語の歌詞。怖《こわ》い人たちかな、と、そうっと公園の中を覗《のぞ》いたシッカの目に飛《と》び込《こ》んだのは、意外な光景だった。

CDラジカセをアスファルトの地面に直置《じかお》きして、二十代くらいの若い男が踊《おど》っている。そう、踊っている、ように思う。

シッカはほかの同年代の女の子よりダンスに詳《くわ》しい。もう自分で踊ることはないけれど、ダンスに囲まれて育ったからだ。

これまでに見たことのあるダンスは、サンバや、母親がときどきよそのお教室の講師に呼ばれて踊《おど》ることがある社交ダンス、小学生のころ習っていたモダンバレエ、それに見たことがあるだけなら、いまどきのストリートダンス。

でもこの踊りは、そのどれとも違《ちが》う。

一番違うのは、男のすがただ。男の右足の膝《ひざ》から先は途切《とぎ》れている。断《た》ち切《き》られた右足の先は、義足の黒いソケットに覆《おお》われている。

ぼんやりとした公園灯に照らされているだけのうす闇《やみ》の中、白いTシャツにサーフパンツという身なりをした男の身体《からだ》がうごめく。

アスファルトに倒《たお》れ伏《ふ》した体勢から、両腕《りょううで》をついて、ゆっくりと上体を起こす。小ぶりの波に乗り上げる舳首《へさき》のように優美でなめらかな動きだ。右足の義足一本を支点に、引《ひ》き締《し》まった左足を地面に沿わせるようにして全身を大弓のように反らせる。

上の高架《こうか》に向かって差《さ》し伸《の》べられた両手が、ゆっくりと胸をかきむしり、そのまま脇腹《わきばら》から腰《こし》を指先でなぞりながらすべり落ちた。

CDラジカセから聞こえるやかましいドラミングに合わせて、左足がだんっと地面を蹴《け》る。リズムに完璧《かんぺき》に合ったジャンプ。男の身体がふわりと宙に浮《う》いた。

一回転して、舞《ま》い降《お》りて、地面に両手をついて、また伏《ふ》せる。大きく足を開き、そのまま手首と腕《うで》の力だけで倒立《とうりつ》したまま、ゆっくり時計回りに回ってゆく。

――こんな踊《おど》りがあるのか。

シッカは夏虫が火に引き寄せられるように、ふらふらと男に近づいた。

踊り終えて汗《あせ》まみれになった男が、ようやく気づいたようにシッカを振《ふ》り返《かえ》った。くっきりとした顔立ちに、濃《こ》い眉毛《まゆげ》が印象的だ。男はシッカをじろりと眺《なが》めると、眉をひそめる。

「警察呼ぶなよ」

第一声がそれだった。

シッカは、警戒心《けいかいしん》の強い猫《ねこ》のように、ほんの少しずつ、地面にあぐらをかいている〈濃い眉さん〉に近づく。

「……いまの、ダンス……」

小さくこぼしてから、いったい何を聞くつもりなんだと混乱する。

〈濃い眉さん〉は、別の理由でそわそわと落ち着かないようすだ。

「きみ、未成年だよな? いきなり、警察呼ぶなとか、ごめんな。でも一応、市が管理してる公園だから、夜に音楽鳴らして踊ってると、通報されることがあんだよ。とくに、未成年といっしょとか、ヤバいから。……何だよ、おれの踊《おど》り、そんなによかった？」

ぼーっとしているシッカに向かって、にやっと笑う。

シッカはこくこくと首を縦に振《ふ》る。

「おれ、一応プロのダンサーでさ」

ふたたび、うなずきを返す。義足であろうがなかろうが、あれほど洗練された動きをする踊り手が、アマチュアだとは到底《とうてい》思えなかった。

「でも貧乏《びんぼう》ダンサーだから、毎回スタジオ借りて練習できないんだよね。で、明後日《あさって》に本番があるから、練習してたってわけ」

「本番？」

〈濃い眉さん〉は、サーフパンツのポケットをごそごそ探《さぐ》ると、くしゃっと丸まった紙切れを差しだした。

受け取った紙を広げてみる。それはカラーのA4チラシだった。

子どもたちが踊っているイラストの上に、カラフルなフォントで、第三回市川市ダンスバトルforヤングスターズと書かれている。開催《かいさい》日時は明後日の土曜日となっていて、開催場所は、シッカも何度も行ったことのある市民グラウンドだ。

出演者の欄《らん》に、赤ペンで〇がつけてあった。

——舞踏家《ぶとうか》　岬勇二《みさきゆうじ》——

肩書《かたがき》と名前を読み上げたシッカに、岬は子どものように得意げに胸を反らせた。

「おう。それ、おれの名前。もうじき二十八だから、ヤングスターって歳《とし》でもねえけどな、ゲストで呼ばれてんだ」

チラシの字と、岬の顔を何度も見比べる。岬はそんなシッカをしばらく面白《おもしろ》そうに見上げていたが、やがて苦笑《くしょう》した。

「もう家に帰んなよ、何でこんな時間にうろうろしてんだか知らないけどさ。おれのダンスが気に入ったなら、練習の見学にでもくればいい。ちょうど明日《あした》、スタジオ練習が入ってるし。午前中だから、学校あるかもしれないけど」

そう言うと、岬はシッカに八幡一番街《やわたいちばんがい》にあるというスタジオの名前を告げた。

朝、ベッドで目が覚めたときにはもう決めていた。

——今日は、学校に行かない。

行ったところで、巧にサンババアと言われ、机の傷を数えるだけのことだ。休んだところで、だれも心配もしないだろう。だから今日こそ行かない。本当はもうずっと、学校に行きたくなかった。

担任から家に連絡《れんらく》がくるかもしれない。それでもいい。ゆうべ両親の前であれだけ爆発《ばくはつ》したのだ、いまさら取《と》り繕《つくろ》うことなんてない。

ゆうべ、十時過ぎに家に戻《もど》ってきたシッカを、由美もミゲウも叱《しか》りつけることはせず、ケーキを化粧箱《けしょうばこ》から取りだすときのように、そろりと扱《あつか》った。

シッカも両親には一言も話しかけずに、シャワーを浴びて寝《ね》てしまった。由美は朝から教室に行っている。店を開ける前の父親と朝食前にリビングで鉢合《はちあ》わせしたものの、おはようも言わずに顔をそむけた。

悪いという気持ちがないわけではないが、これでしばらくサンパウロの親戚《しんせき》の話も、サンバの話も聞かずにすむと思うとせいせいする。

今日、サボるなんて大それたことを実行できたのは、やはり昨日、岬のダンスを見たせいかもしれない。義足で自由に、大胆《だいたん》に、青い火のように踊《おど》る彼《かれ》のすがたに、シッカの中の何かが動いた。

父親の日をごまかすために制服に着替《きか》えて、いつものように家を出る。ゆうべ岬がシッカに告げた練習の開始時刻は九時だった。

八幡一番街までは、近道すれば自転車で五分とかからない。

最近めっきり人通りが少なくなった一番街をノーブレーキで突《つ》っ走《ぱし》って、一番端《はし》にある雑居ビルの前で自転車をとめる。ビルの二階の窓に、「わをんダンススタジオ」とペイントされている。一階のクリーニング店脇《わき》から、幅《はば》の狭《せま》い階段が二階に続いていた。

自転車の鍵《かぎ》をかけながら、シッカはふと真顔になる。

――何やってんだろ、あたし。

いまならまだ、引き返せる。いったんかけた鍵をかちゃりと解錠《かいじょう》したそのとき、後ろから人がきた。「あ」とつぶやく、聞き覚えのある声。

驚《おどろ》いて振《ふ》り向《む》くと、そこに岬本人が立っていた。

今日は、ハーフパンツの下から、義足の黒いチューブが伸《の》びて、足首にあたる部分から先がＮＩＫＥ《ナイキ》のバッシュに収まっている。手にはペットボトルが入ったコンビニの袋《ふくろ》。昨日は座《すわ》った姿《すがた》しか見ていなかったが、こうして見上げると岬の身長は百八十近くありそうだ。

岬は制服姿のシッカを見て目を丸くする。

「昨日の子だよな。ホントにきてくれたんだ。……中学生？　学校どうしたの」

その少し困った顔を見て、気づいてしまった。見学に誘《さそ》ってくれたのは、未成年を家に帰すための方便で、学校があってこられないと見越《みこ》した上のことだったのか。いたたまれなくなったシッカが踵《きびす》を返す前に、岬はふふっと笑った。

「……ま、いっか。こっちきなよ」

うむを言わせず階段をのぼらされ、半透明《はんとうめい》のドアの向こうに押《お》し込《こ》まれる。

スタジオの前一面に張られた鏡に思わず足がすくむ。全身が映る鏡を見るなんて、いつぶりだろうか。岬はそんなシッカをちらりと見てから、名前、と短くたずねる。

「……あたし、加藤トモミです。突然《とつぜん》きちゃって、すみません」

シッカは小さな声で名乗った。とっさにフランシスカと名乗らなかったのは、もしかしたら両親への当てつけなのかもしれなかった。

「見学っつっても、ひたすら踊《おど》ってるだけなんだけど」

そう言うと、岬は棚《たな》の上にあるオーディオセットの再生ボタンを押《お》した。

とたんに、スタジオの中に、脳みそが吸いだされるような重低音が鳴《な》り響《ひび》いた。

「これはちょっと前に流行《はや》った『Clarity《クラリティ》』って曲のドロップ。あ、音楽のサビのことを、EDMじゃ、ドロップっていうんだけど」

「EDM?」

「ああ、エレクトロニック・ダンス・ミュージックの略。シンセサイザー《シンセ》とかの電子音を使いまくってコンピューターで作る音楽のこと。ドロップのとこはだいたい音圧《デシベル》がドカンとでかくなる。今年はEDMメインで踊ってるんだ、おれ」

岬はそう言うと、義足でない方の足を軸《じく》にして右回りにくるんとターンした。そのまま複雑に入り組んだステップを8カウントしたあと、目にもとまらぬ速さでフロアに両手をつき、長い両足をブン回す。ワンカウントで三百六十度、ど派手なブレイキング。

モダンバレエにも似たゆうべの動きとは違《ちが》うが、こっちもすごい。

曲が終わり、シッカは、夢中になって拍手《はくしゅ》を送っていた。当の岬は、床《ゆか》にべったりと座《すわ》り込《こ》んだ体勢でシッカを見上げて「どーも、どーも」と笑っている。

子どもみたいに楽しそうな岬を見ていると、隠《かく》したり、意地を張ったりするのがばからしくなってくる。岬がペットボトルを手にしたタイミングで、シッカは秘密を打ち明けるように、ひそひそと言った。

「……あたし、本当の名前は、加藤トモミ・フランシスカっていうんです。パパはブラジル人で、ママは日本人。ついでにサンバの講師」

「へえ！　ダンサーの血を引いてんのか。いいなあ。将来有望だ」

シッカは意外に思った。この人は、父親がブラジル人ということより、ママがダンサーであることに反応するらしい。

「ダンスなんてやりません。ブラジル人らしいリズム感だってないし……」

ブラジル人らしい、と何の気なく口走ってしまった自分が嫌《いや》になる。

真っ赤になってうつむいているのを、どう思われただろうか。岬はふうん、とつぶやくと、身を屈《かが》めて義足のチューブを撫《な》でた。

「――ま、ブラジル人にもリズム音痴《おんち》はいるよな。リオのカーニバル、テレビで見てても、沿道のおっちゃんとかで明らかに盆踊《ぼんおど》りだろってのいるし。楽しそうだけど」

「……サンバなんか見ないし。あたし、ブラジル人じゃないし。……日本人らしくもないけど」

思わず怒《おこ》ったように吐《は》き捨《す》ててしまい、シッカは泣きそうになった。まるで小さな子どもだ。

「らしい」「じゃない」「らしくない」。かちゃん、がきん、心のどこかで音がする。言葉の鎖《くさり》と気持ちの鍵《かぎ》のせいで身動きもできない。もうやだ、とつぶやいた。

岬はそんなシッカをまじまじと見ている。気まずい空気の中、岬がするりと目をそらしてつぶやいた。

「――おれ、プロのダンサーになってまああ上手《うま》くやってたときに事故にあって、この足になったんだ。前にテレビで、悲劇の義足ダンサーとかいって小《ち》っちゃい特集組んでもらったこともあるんだぜ。そんときに、あるスタッフさんに言われたの。感動エピソード何かありませんか、って」

「何それ」

思わず顔をしかめたシッカを見て岬がにっと笑う。

「だろ。ずっとダンスについて熱く語ってたのがマズかったんだろうけどさ。ま、らしい、らしくしてろってことなんだろうな。お涙《なみだ》ちょうだいって感じじゃねえからなあ、おれ。関係ないかもしれないけど、何か、いまの加藤サン見てたら、思いだしたよ」

岬は今度は、からりと声を上げて笑った。夏空みたいな笑い方をする人だ。

「……おれに言わせりゃ、らしさって、ろくでもねえ魔法《まほう》だよ。どっかで聴《き》いたような呪文《じゅもん》を壁《かべ》に向かってブツクサとなえて、その反響《はんきょう》を自分で聞いてさ、なんとなく納得《なっとく》する。これでみんなといっしょだって安心したり、おれだけは特別じゃなきゃいけないって思《おも》い込《こ》んだりさ。自分で自分に魔法をかけちまうんだから、お笑いだ」

シッカは言葉が返せずに、だまって何度か瞬《まばた》きをした。樹里と話していたときと同じだ。大事なことを聞いているかもしれないのに、頭でちっとも吸収できないのは、自分の中に、スポンジがないからなのだろうか。

岬がシューズのひもを結びなおしながら、歌うようにささやく。

「国籍《こくせき》。手足の数。セクシャリティ。肌《はだ》の色。どれ一つ、おれのダンスにゃ関係ないね。大事なのは表現することだ。何に喜んで、何に怒《おこ》って、どんなリズムに乗って、どんな唄《ドロップ》をかますかってことの方が、ずっと大切。ってのはウソだけど」

「う……ウソなんだ」

シッカはがくりと肩《かた》を落とす。

ちょっとカッコいいと思ったのに。岬の話は、どこに落とし穴があるか、油断できない。岬はにやにや笑っている。

「さあ。おれは一生かけて、自分を知りたい。加藤サンも、加藤サンのやり方で、そうしたら。ひとのセリフで納得《なっとく》するなんて、もったいないだろ」

シッカはゆっくり瞬《まばた》きをした。

他人のセリフなんかで納得しない。自分なりのやり方で。

――あたしの中にも、スポンジがあった。

岬の言葉がやっと心の中に染《し》みてくる。中華《ちゅうか》あんがフライ麺《めん》に染《し》み込《こ》むくらいの、とろみ速度で。岬はよいしょっと立ち上がると、いいことを思いついたという顔で、シッカを見下ろした。

「そうだ。加藤サンも明日《あした》、踊《おど》ってみる？　ドロップのとこだけでいいから、サプライズゲストってことでさ」

シッカは、手に変な汗《あせ》をかいている。

「ど、ドロップのところ？」

「サビんとこだけ、踊ってみなよ」

「無理。やだ。絶対、無理」

反射的に、首を横にぶんぶん振《ふ》ってしまう。

「そう？　基本的な動きを二、三教えてやるからさ。どうしてもヤダってんなら、いいけど。今回のダンスバトルのおれ的テーマ、〈目覚め〉なんだよね。加藤サンって、いま、雰囲気《ふんいき》そんな感じ。……ダンス、ほんとは好きなんだろ？　さっきおれが踊《おど》ってたとき、身体《からだ》、動いてたよ」

さらりとした岬の言葉に、思わずどきりとしてしまう。濃《こ》い眉《まゆ》の下で輝《かがや》くふたつの目に、心の奥《おく》まで見透《みす》かされそうだ。

どうする、と首をかしげられ、奇妙《きみょう》なことに、シッカはすぐに断ることができない。そしてもっと奇妙なことに、なぜか、数秒後には「やります」とうなずいていたのだ。

「これが〈ランニングマン〉。ＥＤＭにぴったりのダンスの一つ、いわゆるシャッフルダンスの基本のキってやつだ」

鏡の前にシッカを自分と並んで立たせ、岬が言う。

（いやだ）

反射的に、つい目をそむけたくなったが、踏《ふ》みとどまる。やりますと言ったのは自分だ。

岬は、腹に向かって折りたたむように右膝《みぎひざ》を上げ、そのまままっすぐにつま先を下ろした。右足が床《ゆか》に触《ふ》れると同時に、左足を後ろにスライドさせる。両足は前後に開いている状態だ。そこから、今度は左膝《ひだりひざ》を上げて、またまっすぐ下ろす。最初に戻《もど》って、また右膝を上げる。繰《く》り返《かえ》し。

「続けてやってると、走ってるように見えるだろ。だから〈ランニングマン〉」

岬は機関車みたいに、はじめはゆっくりと、それからだんだん動きを速めていった。1、2、1、2。足を使う技《わざ》なのに、腰《こし》から上もリズミカルに躍動《やくどう》している。

目を丸くしているシッカをちらりと見ると、岬は愛嬌《あいきょう》たっぷりにほほえんで、被《かぶ》っていないはずの帽子《キャップ》のつばをちょいっと触《さわ》る仕草をした。

「次。〈サイドステップ〉」

岬はいったん動きを止めて正面を向くと、左のつま先を左右にねじってツイストさせる。同時に1、2、と軽く床《ゆか》を踏《ふ》んで右足を横にひらいていく。シッカは頭の中で必死につぶやいた。サイドステップ、片方の足でツイストしながら、もう片方の足でステップ。

「最後は、〈スピン〉だ。基本はさっきのサイドステップ。ただしステップの途中《とちゅう》に、一回転ターンを入れる。二回転《ダブル》を入れてもいい」

二度、三度と、さっきのサイドステップを再現してみせた。四度目のステップで、左足を軸《じく》にして、くるんと回る。

「あとは、この三つの動きをランダムに繰り返すだけ。ここにアクセントを入れたいってとこでスピン。それでＥＤＭの定番曲《アンセム》をバックに踊《おど》れば、簡単だけどクールなシャッフルダンスの出来上がりってわけだ。――はい、鏡のおれと同じように動いて」

〈ランニングマン〉から〈スピン〉まで、それぞれの技《わざ》をゆっくり繰《く》り返《かえ》す岬の真似《まね》をして、おそるおそる動いてみる。岬が踊っていると、ひどく簡単に見えるのだが、実際にやってみると意外にむずかしい。とくに、〈ランニングマン〉。

「ほら、けっこうできんじゃん。さすが、お母さんがダンサーなだけ、あるな」

嬉《うれ》しそうな岬に、カチンときながら、たずねる。

「……ドロップ以外のところは、何をしたらいいんですか。曲の間」

「種になってて」

「タネ⁉」

「そう。土ん中で越冬《えっとう》してる種。ドロップ以外の部分では、フロアに崩《くず》れ落《お》ちて種になりきることと、それが加藤サンの役目」

シッカは考えたあげく、ささみが奥歯《おくば》に引っかかったような顔で白旗をあげた。

「……種ってどうやってなるんですか……」

岬はいたずらっぽく笑う。

「そうだな。ただフロアに転がって、耳つけて。ビートを感じとく？　ほら、やってみ」

シッカはしぶしぶフロアにうつ伏《ぶ》せになった。

右の耳をじかに床《ゆか》につけてドロップを待つ。

岬が力強く跳《は》ねる、どん、という動きが、シッカの身体《からだ》の奥《おく》を波のようにゆらす。

音楽が間奏部分に入り、いったん小さくなった音圧《デシベル》が徐々《じょじょ》に大きくなっていって——それをビルドアップというらしい——上がりきって弾《はじ》けるところがドロップだ。

この曲には、はっきりとわかるドロップが二回ある。一度目と二度目のドロップの間には、比《ひ》較的《かくてき》静かなボーカルパートとビルドアップが挟《はさ》まっている。二度目のドロップは一度目よりも爆《ばく》発的《はってき》だ。

シッカはいつしかうっとりと目を閉じていた。掠《かす》れたボーカル。人の足音。息づかいはただの想像? キュッキュッと鳴るシューズの音。でも一番大きく聴《き》こえるのは……。

ドロップの少し手前、岬がシッカに近づいてきて、屈《かが》んでたずねた。

「どうよ、何が聞こえる?」

「……心臓の音。自分の」

「いいね。最高の音楽だ」

満足した猫《ねこ》みたいに喉《のど》を鳴らしてダンスに戻《もど》ってゆく岬の義足を見送りながら、シッカは、なんかヤバいこの人、と思った。本当の種ならきっと、こんなふうに心臓がはぜそうになることは、ないだろう。

練習時間が終わって帰《かえ》り際《ぎわ》、岬が言った。

「サプライズだけど、ちゃんと練習しとけよ。無理やり誘《さそ》っておいて何だけど、いいかげんはナシだぜ。きても、こなくてもいいけど、自分で決めろよな」


マックで時間を潰《つぶ》してから夕方に家に戻《もど》った。予想どおりだれもいない。自室の机の上に学校のプリントが置いてあった。ママかパパが置いたのだ。心臓が跳《は》ねる。

スマホにはママから五件も着信が入っていた。おまけに、樹里から留守電まで。

『ちょっとシッカ、今日学校サボったって？　そっちのママから電話あったよ。ウチにきてないかって』

この場合のウチは、家のことだろう。ぼんやりと、とんちんかんなことを思う。

プリントに挟《はさ》んであったノートの切《き》れ端《はし》に、可愛《かわい》い猫《ねこ》のイラストといっしょにクラスメートの名前が書いてある。給食班のメンバーの一人で、近くに住んでいる女の子だった。

――湯浅のこと、今度先生に言ってみるね。また来週。

手書きのメッセージにひどく驚《おどろ》く自分がいた。異次元に迷《まよ》い込《こ》んだように感じてさえいたあのクラスで、自分を見てくれる子がいたことが、信じられない。

リビングのテーブルにはシッカ一人分の食事が用意されていた。パパならスーパーの惣菜《そうざい》は置かないから、きっとママが、お教室の待ち時間に一度家に戻《もど》ってきたのだろう。学校からママの携帯《けいたい》に連絡《れんらく》がいったに違《ちが》いない。今日は夕方のレッスンが最後だから、あと一時間くらいで帰宅するはずだ。

家にはだれもいないというのに、シッカは部屋に鍵《かぎ》をかけて鏡の前に立った。まるで習慣のように、クローゼットからワンピを出して鏡にかけてしまう自分がいた。スタジオでは大丈夫《だいじょうぶ》だったのに。

（どうして、ダンスバトルに出ることにしたんだろう、あたし）

ひどい後悔《こうかい》が頭をよぎる。岬に出会って自分の中で何かが変わったかもと思ったのに、おんなじだ。何も変わってなんかいない。

できない、いやだ。無理。恥《は》ずかしい。ガラじゃない。

否定の言葉ばかり浮《う》かぶというのに、どうしてだか、シッカの中に、ダンスバトルに出ないという選択肢《せんたくし》はもうないのだ。

シッカの中で熱い塊《かたまり》のようなものが叫《さけ》んでいる。教室にすら行けないちっぽけな自分が、大勢の人の前で踊《おど》るという考えに、惹《ひ》きつけられているのだ。岬じゃないけど、もし種になれるなら、ぶあつい土の壁《かべ》を突《つ》き破《やぶ》って芽をだすことができるなら――。

シッカは部屋着の下だけデニムにはき替《か》えて外に出た。「コンビニ。すぐ戻ります」と、食卓《しょくたく》にメモを残して。

五メートルごとに街灯がぼうっと光るメディアロードを、ＪＲ本八幡駅南口に向かってゆっくり歩く。ときどき、会社帰りのサラリーマンとすれ違《ちが》った。

がらんとしたゆうづる公園に足を踏《ふ》み入《い》れる。鏡の代わりに、ところどころクリーム色の塗装《とそう》が剝《は》がれた鉄柱に向かって、手足を動かしはじめた。

すでにランニングマン、サイドステップ、スピンの練習動画をチェック済みだ――どの動画のダンサーより岬の方が上手だけれど。スマホで動画を再生しながら、何度も動きを確認《かくにん》した。

頭の中には、スタジオで嫌《いや》になるほど聴《き》いた『Clarity』のイントロが流れていた。ランニングマン。サイドステップ。スピン。だれもいないアスファルトの舞台《ぶたい》でシッカは踊《おど》る。

「……何やってんの、おまえ」

ふいに、後ろからかけられた声に、シッカは文字どおり飛び上がった。振《ふ》り返《かえ》ると、紅茶色の肌《はだ》をした少年が、目を見開いてシッカを凝視《ぎょうし》している。

――湯浅巧。

青白い公園灯に照らされた巧は、トムとジェリーのプリントＴシャツなんて着ているからだろうか、昼間よりも幼く見える。

シッカと巧はお互《たが》いに動揺《どうよう》しきった表情で、相手を眺《なが》めている。見つめ合ううちに、何か言うことがあるんじゃないの、と猛烈《もうれつ》に腹が立ってきた。

「あんたに関係ないでしょ。あんたこそ、何でここにいんのよ」

巧は長いこと黙《だま》り込《こ》んだ。それから気を取りなおしたように、シッカに向きなおる。

「いま、おまえんちに行ったら、いなかったから……。おまえの母ちゃんが、たぶんここだろうって」

コンビニに行くという嘘《うそ》や、シッカがよくゆうづる公園にきていることが親にバレていることより、巧がマンションにまできたことが信じられない。どの面《つら》下げて、と怒鳴《どな》りたいのに、がつんと頭を殴《なぐ》られたようで、言葉が出てこない。

「おまえさ、今日学校こなかったの、おれのせいだよな」

シッカは黙ったまま、巧をにらみつけた。そうともいえるし、違《ちが》うともいえる。

「おれ、来週転校するんだ。船橋《ふなばし》に住んでるばあちゃんちに。それで、最後おまえと話したくて……」

巧は何度もつばを飲み込みながら、ぼそぼそと話す。

ひとのことをさんざん攻撃《こうげき》しておいて、いきなり転校。腹立ちで顔が熱くなってゆく。

「話がしたいとか、いまさら何なの？　あたしがどんだけ……」

「………」

巧は、何も言わずに、顔をゆがめた。

「謝《あやま》ってよ。謝れ、ばかっ」

シッカはついに大声を出した。学校で何を言われても、こうして言い返したことは一度もなかった。巧の驚《おどろ》いた顔を見て、胸がすっとする。岬の言葉を思いだした。大事なのは表現すること。何に喜んで、何に怒《おこ》って、どんなリズムに乗って……。傷ついたなら、傷の数なんて数えてないで、叫《さけ》んでみればよかった。

「だって……謝って許されることじゃないだろ。よりによっておれが、おまえを、サンババアつってたんだから」

シッカは目を見開いた。

「おまえには関係ないけどさ。おれんち、お袋《ふくろ》が、フィリピンに強制送還《きょうせいそうかん》くらったんだ」

「……樹里に聞いたよ」

「まじか。あいかわらず、しゃべりにも程《ほど》があるだろ、あの女」

巧は苦笑《くしょう》すると、今度はひどく真面目な顔つきになってシッカに向きなおった。

「……親父《おやじ》とお袋はおれに、何も教えてくれなかった。ガキだからって、相談もされなかったんだ。許せねーって気持ちを、ぜんぶおまえにぶつけてたんだと思う。おれといっしょで片親ガイジンなのに、家族みんなで暮らしてんのが腹立って。殴《なぐ》られても、何されても文句言えない。……だから、おれのこと、許すなよ」

そう言って、巧は言葉とはうらはらに、シッカに向かって深く頭を下げた。

鼻の奥《おく》がつんと痛くなった。

——きっとシッカも巧も、答えを求めて探しものをしている。

くる日もくる日も探している。母親が不法滞在《ふほうたいざい》した理由、自分を捨ててフィリピンに帰らなくちゃならなかった理由。いやでも目に入る、クラスのみんなにあって、自分にないもの、自分にあってみんなにないもの。そして自分が、日本《ここ》にいるべき理由を。

「……許すよ」

それが、シッカに言えた精一杯《せいいっぱい》の言葉だった。

家に戻《もど》ると、母親はリビングにいた。部屋着のままソファに座《すわ》っている。リビングには、甘《あま》い香《かお》りがただよっていた。

はちみつをたっぷりかけたポン・デ・ケージョは、由美の唯一《ゆいいつ》のブラジル料理のレパートリーである。ポン・デ・ケージョとは、タピオカ粉に卵や牛乳などを入れ、チーズを練《ね》り込《こ》んで焼く一口大のパンだ。

シッカが小さなころ、チーズ味のポン・デ・ケージョに甘《あま》いはちみつをかけて食べるのが大好きだった。だから、由美はいまでもときどきポン・デ・ケージョを作ってくれる。だいたいは、お説教の前触《まえぶ》れとして。

「ポンさんあるわよ」

シッカが自室に行かないように、ママが行く手を通せんぼして切りだした。昔からポン・デ・ケージョのことをポンさんと呼ぶ由美に、シッカは黙《だま》ってうなずく。

「さっき、巧くんきてくれたわよ。アースビレッジでいっしょだった」

「うん。公園で会った」

「……目、赤いね」

あくまで遠回しな由美に、うんざりした。無断欠席のこと、聞きたいなら聞けばいい。ただでさえ、頭が混乱して爆発《ばくはつ》しそうなのに。

「――探《さぐ》るの、やめてよ。はちみつかけたポンさんとかさ。小《ち》っちゃい子にするみたいに、イイコイイコしないで」

すると、由美のノーメイクの顔にあきらかな苛立《いらだ》ちがはしった。

「小っちゃい子じゃない、最近のあなた」

「……は？」

「イイコイイコされるの、待ってるじゃないの。何がコンビニよ。夜に外出なんかして。パパはもう少し放っておこうっていうけど……」

「はい？　意味わかんないし」

シッカはつい声を荒《あら》らげた。そんなふうに思われていたのかと思うと頭に血がのぼる。

「わからないのはママの方よ。じゃあ、いったい何を言ってほしいのよ」

「べつに、なんか言ってほしいなんて思ってないし。だいたいママなんて、いつも言いたいことしか言ってないいくせに」

「なによ、その言い方」

ついに由美の声も大きくなった。すっぴんのときは、なきに等しい眉《まゆ》がつり上がっている。

感情だけがどんどんヒートアップして、売り言葉に買い言葉。中学に上がったくらいから、母親と真面目な話をしようとすると、だいたいこうなる。最後には、由美は怒鳴《どな》る寸前までいって、シッカは黙《だま》り込《こ》むというパターンだ。

由美は、怒《おこ》っているというよりは、悔《くや》しそうに唇《くちびる》をかむ。

「……サンバはママの生き方なんだから、そのことでは謝《あやま》りません。ママにはママの人生があって、子どもであってもそれを否定することはしてほしくない。シッカの生き方を、ママが邪魔《じゃま》できないように。何て呼ばれてもいい。ママは、サンババアじゃないときより、サンババアなときが幸せなんだからね」

――ほんと、うんざりだ。

シッカはため息をついた。だれも謝《あやま》ってほしいなんて言っていない。結局は自分の話だ。母はいつだって世界の中心にいる。

「でも、あなたまで、学校でサンババアって呼ばれてるって」

「………」

シッカは警戒心《けいかいしん》いっぱいに身構える。きっとまた、魔法《まほう》のチョコみたいなよくわからない呪文《じゅもん》でシッカの気持ちをうやむやにしようとするに違《ちが》いない。

だが、由美が言ったのは思いもよらないことだった。

「ママのせいだね。もっと早く聞けばよかった。つらかったね。……気づかなくてごめんね」

シッカは驚《おどろ》きに目をみはった。

覚えているかぎり、由美にまともに謝られるのはこれがはじめてだった。やばい、と思ったときには、バリアが決壊《けっかい》していた。

親には見せまいと、せきとめていた感情がごっちゃになってあふれだす。

教室、ブラジル、自画像、サンバ――巧。

奥歯《おくば》を食いしばったシッカの肩《かた》に由美が手を回す。

「泣かないの。サンババアのこと、いっしょに何とかしよう」

「……泣いてないし」

シッカの家では親子でハグすることも多いけれど、小さな子のようにこうして抱《だ》っこされるのなんて、いつぶりだろうか。「香水《こうすい》くさい」とつぶやいたシッカを、由美はじろっとにらむ。

「ほんと生意気なんだから」

「……サンババア、サンババア、うるさいし」

「シッカが言ったんでしょ」

「だから、学校の子が言ってたんだってば！」

シッカと由美は、ふたたび正面からにらみ合った。

視線の高さはほとんどいっしょだ。

由美も女。シッカも女。親子で、少しくらいは顔が似ていて、ちょっと違《ちが》う肌《はだ》の色をしている。年はきっかり三十七歳離《さいはな》れている。

勝手で自己中でガキっぽいママ。これでも大人だっていうのだろうか。

それでも二人の違いは、由美は自分自身の望みをすでに知っており、長い間それに従って生きてきたが、シッカはといえば、まだ自分の産声《うぶごえ》すら聞いたことがないということだった。それってなかなかのハンデじゃない、とシッカはため息をつく。

「ちょっと待ってて」

シッカは、自室へ急ぐと、机の上に置いてあった宣伝用のチラシを持ってリビングに戻《もど》ってきた。由美にチラシを差しだす。

――第三回市川市ダンスバトル for ヤングスターズ。出演者、舞踏家《ぶとうか》・岬勇二。岬の名前のすぐ後ろに、マジックペンで書《か》き込《こ》まれた名前を見て、由美が目を大きく見開いた。加藤トモミ・フランシスカ。

シッカは小さく息を吸うと、母親の目をまっすぐに見て、口を開いた。

「ママ、これ。明日《あした》きてよ。バトルしよ」

「バトル？」

「そう。あたしと、ダンスバトル。証人になってよ」

「……証人って」

「あたしの、久々のダンス」

こんなにびっくりしたママの顔には、そうはお目にかかれない。シッカはここ最近で一番の笑《え》みを浮《う》かべた。

とうとう、ダンスバトル本番の日がやってきた。よく晴れた土曜日だ。

近くの駐輪場《ちゅうりんじょう》に自転車をとめて、グラウンドに足を踏《ふ》み入《い》れたシッカは、思った以上の人混みと熱気に驚《おどろ》いた。

市民グラウンドの中央に設置された鉄骨組みの舞台《ぶたい》では、おそろいのユニフォームを着た小学生のダンスグループが、人気アイドルグループの曲に乗って元気よくダンスしていた。グラウンドの外周には、屋台のテントが十数軒《じゅうすうけん》も並んで、大にぎわいだ。

岬の出番まであと三十分もない。

こんな格好で本番って大丈夫《だいじょうぶ》なのかな――シッカは自分を見下ろした。動きやすい普段着《ふだんぎ》とスニーカーでOKと言われたので、そのとおりの格好できたけれど。

舞台の袖《そで》で岬と落ち合う。義足に、Tシャツ、サーフパンツ姿といういつものスタイルの岬が、シッカの姿を見ると、破顔して大きく手を振《ふ》った。

ヤンキースキャップのつばに指で触《ふ》れ、ちょっとキザな調子でたずねる。

「覚悟《かくご》はいいかい？　加藤サン」

シッカは力強くうなずいた。

『さて、次に登場するのは、舞踏家《ぶとうか》の岬勇二さんと、何と飛び入り参加の加藤トモミ・フランシスカさんです。岬さんはプロのダンサーとしてご活躍中《かつやくちゅう》に……』

司会の紹介《しょうかい》を聞きながら、シッカは観客の方に顔を向けて舞台《ぶたい》にうつ伏《ぶ》せに横たわる。

舞台前で歓声《かんせい》を送る人混みの中に、シッカは両親の姿を見つけた。二人とも、こっちに手を振《ふ》っている。何でパパまで誘《さそ》うかな、とシッカは由美の勝手さにまたうんざりする。

少し離《はな》れて、ぼうっと、熱に浮《う》かされたように、食い入るようにこっちを見つめる巧の姿。きてくれたんだ――と、こそばゆく思う。

ゆうべの別《わか》れ際《ぎわ》、シッカは巧に今日のダンスバトルで踊《おど》ることを教えたのだった。

巧の目に映る「加藤トモミ・フランシスカ」はいま、日本人だろうか。ブラジリアンだろうか。半分はんぶん《ハーフ・ハーフ》、それとも混ぜっこ《ミックス》？

もう、いまは、どうだっていいじゃない、そんなの。

イントロがはじまった。

目を閉じて、岬の手足が生みだすリズムを、彼《かれ》の美しい義足が太鼓《たいこ》のように鳴らす床《ゆか》のきしみを、フロアから身体《からだ》全体に感じた。

――十八歳《さい》？　二十歳《はたち》？　二十二歳？　いつなら自分の運命を自分できめられる？

シッカはいま羽化《うか》したい。

ミゲウが由美と日本を選び、由美がサンバとミゲウを選んだように。親の人生と選択《せんたく》にただぶら下がるだけのハーフの女の子ではない、何者かになりたい。

ドロップ！

シッカは全身をばねのようにしならせて、躍《おど》り上《あ》がった。

腕《うで》をひとふり、足をひとけりするたびに、魔女《まじょ》の魔法をといてゆく。真冬に着込《きこ》んだコートや肌着《はだぎ》を一枚一枚、脱《ぬ》いでいくように。シッカだけの軌道《オービット》を描《えが》く。シッカはいま、自分という宇宙のまんなかにいる。


ランニングマン。あたしは日本人じゃない。

サイドステップ。あたしはブラジル人じゃない。

スピン。あたしはサンバなんか好きじゃない。


それなら、ここで、汗《あせ》を散らして、踊《おど》っている子はだれだろう？　よけいな飾《かざ》りをざりざり削《けず》って最後に残るのは、何者なのだろう。

やっぱりシッカだ。それでもシッカだ。それがシッカ！　スピンを二回。

——あたしは日本人であり、ブラジル人であり、あたしはサンバなんか好きじゃないが、あたしの母はサンバが好きである。まる。

こうやって踊《おど》っても、何も解決しない。シッカは前から三番目の傷だらけの机に戻《もど》り、巧は引《ひ》っ越《こ》ししておばあちゃんの家から新しい学校に通う。

……でも、予感がするのだ。シッカはおそらくもう、ときどきしか鏡にベールをかけないだろう。次に自画像を描《か》くときは、きっと茶色の絵の具を使うだろう。

(あたしはいま、どんなドロップをうたおう)

汗《あせ》だくでフロアに崩《くず》れ落《お》ちて、もう一度種に還《かえ》る。静寂《せいじゃく》。掠《かす》れたボーカル。岬の義足の黒いチューブが、空中に躍《おど》る。ビルドアップ。岬はちらっとシッカを見ると、閃《ひらめ》くように犬歯を見せた。ここまでこいよ、かましてやれよ、スパークしようぜ。

3《スリー》、2《トゥ》、1《ワン》、GO、

——ドロップ。

音圧が上がり、リズムが爆発《ばくはつ》する。

シッカは大声でYESと叫《さけ》んだ。

空、雲、シュークリーム、おれ

大島恵真

あの雲は、なんだろう。不安。恐《おそ》ろしい夢。

太い筆で、ばばっと絵の具を塗《ぬ》りたくる。おれにしか出せない不安感を筆にこめて……。

「万里《ばんり》ー、帰りにシュークリーム食べてかない？」

「そう、シュークリームも描《か》いて……じゃない！　草太《そうた》、なんだよシュークリームって！」

「よしだファームの新製品だよ。ジャージー牛の牛乳で作ったクリームが、もう最高だって」

「最低だ！　絵のインスピレーションがおりてくるのを待ってたのに！」

「万里怖《こわ》いよ〜。そんなにイライラしてたらインスピレーションおりてこないよ〜」

草太はそう言いながら、クロッキー帳に、シュークリームが泣いている絵をさらさらと描く。

まわりからもくすくす笑いが聞こえる。みんな、どうしてそんなにへらへら笑っていられるんだ。おれたちは仮にも美術部員なのに、アートへの緊張感《きんちょうかん》がこの部にはまったくない。

窓の外を見ると、田んぼの真ん中に、よしだファームの牛の形の巨大《きょだい》な看板が見えた。さっきの雲が、今度は牛に見えてくる。こんな景色ばかり見ていたらおれは何者にもなれない！

おれの魂《たましい》の叫《さけ》びがとどいたのか、顧問《こもん》の佐川《さがわ》先生が美術室に入ってきて、みんなにチラシを配りながらこんなことを言った。

「この中で、美高《びこう》に興味のある人、いるかな？　先生の高校時代の先輩《せんぱい》が青波市《あおなみし》でアトリエを開いてて、美大受験《びだいじゅけん》の高校生を教えているんだけど、今年から美高受験の中学生も募集《ぼしゅう》することになってね」

美大受験。アトリエ。……びこうって、美、高？　美術の高校？　そんな高校あるのか？

「有川岬《ありかわみさき》さんといって、この山東町《さんとうちょう》出身の現代美術作家です。ときどき銀座《ぎんざ》やニューヨークで個展も開いています。みんなの憧《あこが》れの芸大《げいだい》の卒業生なんだよ」

草太が、興味なさそうに言う。

「美高とか芸大とか、すごいよねえ。万里、行く？」

「行くかよ。アーティストに学歴はいらないんだ。ありえないね」

おれはそう返したけれど、チラシをにぎりしめすぎていて、地図の部分がしわだらけになっちゃって、あとでアトリエに行く時に地図が見えなくて困ったのだった。

◆

ありえないね。それは、東京《とうきょう》の高校や大学に行くのがってこと。

うちは代々続く農家。でも、もうかってない。だから、高い私立とか、下宿代のかかる東京の学校に行くお金なんて出してもらえない。草太の前ではかっこつけたけど、ありえないってのはそういう意味。

おれはただ、有川岬さんって人に会ってみたかったんだ。銀座やニューヨークで個展を開くなんて、すごいかっこいい人なんだろうな。アトリエってのも見てみたかった。いかにも芸術家が住んでいそうな古城っぽい家？　それか、全面ガラス張りのかっこいいビル？

だから、山東駅から三十分電車に乗って、青波のアーケード街にある「アトリエ」についた時は、足の力が抜《ぬ》けそうになった。

ぼろぼろの古いビルだった。窓に、「有川岬　美術研究所《びじゅつけんきゅうじょ》」と一文字ずつ書かれた紙がはってある。

看板もなくて、紙かよ……。しかも何枚かはがれかけてる。思わず帰ろうとしたら、ビルの入り口からおばさんが出てきた。

「あ、見学の森山《もりやま》万里君でしょー？　佐川君から生徒さんが来るって聞いてるけど、きみね！」

え、このもっさりしたおばさんが有川岬さん？　この人が……アーティスト？

「いや、自分は通りすがりの者でござってな」

とっさに変な武士言葉になってしまったが、

「ま、いいからいいから。アトリエがあんまりボロなんでびっくりしたんでしょ。中に入ってよ。けっこう刺激的《しげきてき》な場所だから」

有川さんはおれのうそなどたちまち見抜《みぬ》いて、どこかに行ってしまった。

しかたなく中に入って、きたなくてせまい階段を登る。どこが刺激的なんだ。

だまされた気分で三階まで行くと、ドアが開いていた。

思ったより広い。北側に大きな窓があって、床《ゆか》は板張りで、壁《かべ》には大量のイーゼルが立てかけられている。ボロはボロだけど、たしかにアトリエって感じだ。

ぐるっと見回したら、はじの方に人がいた。メガネの細身な男子。中学一年、いや二年くらいか。イーゼルの前で、腕《うで》を組んで考えている。と思ったらいきなり、にかっと笑った。

もしかして自分の絵に見とれてる？　ぷぷー！

男子はおれに気がついて、赤い顔になって鉛筆《えんぴつ》をかくした。

「な、何か用ですかっ！」

「いや、そのー、見学に、来たんです、けど……」

おれは何も悪くないのに、つられてうろたえてしまった。

「見学なら、さっさと入ってよ。そこに立たれると光の加減が変わるから」

「光の加減？　ああ、影《かげ》がどっちにつくかってことね」

「それもあるけど、物の表面の微妙《びみょう》な陰影《いんえい》が変わっちゃうってこと！」

何を言われているかわからなかった。くやしいので、おれはずかずかとアトリエに入ると、壁《かべ》のイーゼルをひとつつかんで、そいつと対角線上の場所にがしっと立てた。

あれ、いいのかな。おれは見学の人なのに。でも、男子はもう、おれなんか眼中にない顔で鉛《えん》筆《ぴつ》を動かしているから、おれも勝手に椅子《いす》を出して座《すわ》った。

テーブルの上には、絵のモチーフらしいものが置かれている。金属の缶《かん》とテープカッターと夏みかん。なんだこれ？　とても「描《か》きたい」なんて思えないぞ。

男子はどうやって描いているんだろう。モチーフを観察するふりをしてぶらぶら歩いて、後ろからのぞいてみた。

すごいデッサンだ！　本物そのものだ！　こんな変なモチーフをこんなにかっこよく描くなんて、何者なんだ？

男子がくるっとふりむいたので、

「変わってる組みあわせだよねー」

と言ってごまかしたら、男子は余裕《よゆう》な顔で言った。

「何年か前の美芸《びげい》の課題」

「び……、あ、そうかーそれで」

びげい？　なんかの学校かな。美高の仲間みたいな？

「もしかして、美芸受けるの？」

メガネの奥《おく》の目がきらっと光る。

「え？　あ……ああ、それも、いいかもねー」

よくわからないが、いいかもねーと言ったら、自分も受けるんだって気になってきた。

「いいかもねー？　美芸じゃなくてそのへんの美高だったら、受かるかもね」

はあ？　美芸がどんだけえらいか知らないが、ふつう初対面でそこまで言うか⁉

年下だと思ってやさしくリアクションしてきたけど場合によっちゃ……とおれが心で刃《やいば》をといでいたら、「あーつかれたー」という声と、階段をどたどた上がる音がした。

「ただいまー。りんりん堂《どう》が今日は行列でさあ、でもシュークリームちゃんとゲットできたから、あ、万里君、紙出してあげるね。あー、樹《いつき》君、できたぁ？」

有川さんは騒々《そうぞう》しく入ってきたと思ったら、ぴたっと「樹」君の絵の前で止まった。

「いいわね。それぞれの素材のテクスチャーがよく出てる」

「テクス……」

チャーってなんだっけ。佐川先生が言ってたような。

「テクスチャーは、素材の表面の質感です」

樹のやつが冷たい声で言った。

「わ、わかってるわ、そのくらい！」

ほんと腹立つなー。でも、素材の表面の質感ってなんだ？　樹がばかにしたように言う。

「ミサキ先生、この人もどっかの美高、受けるんだってね」

「万里君も？　さては樹君に刺激《しげき》受けたねえ。樹君は、美芸、つまり東京美術芸術高校《とうきょうびじゅつげいじゅつこうこう》ってとこを目指してるんだけど、万里君も、目指しちゃってみる？　同じ中三どうしでさ」

え、同じ中三？　年下じゃなかったの？　それなら対等に勝負させてもらうぜ！

「そーですね。いや、最初からそのつもりです！」

「いいねいいね、ようやくライバル登場だね、樹君！　キャー、おもしろくなりそう！」

先生は、はしゃぎながらシュークリームを小皿にのせる。

なんだよ、つまんなかったのは、先生の方なんじゃないのか？　おれはそう思って樹に笑いかけたが、樹は氷のような横顔を向けているだけ。あくまでもはりあう気だな。

おれも、決心した。そうだよ、美芸だ。なんとしても受かってやる。

そう思ったのに、すぐにおれは自信を失うことになった。

「じゃあ美芸受験生としての万里君にも言っとくね。このモチーフの第一のポイントは、金属の缶《かん》の映《うつ》り込みとテープカッターの映り込みの描《か》き分《わ》けよ。それぞれのテクスチャーをどう表すかってこと。第二のポイントは、夏みかんのオレンジ色と布のピンク色っていう似たような色を、グレーの濃淡《のうたん》でどう表現するかってことね」

何を言われているのか、さっぱりわからない。うつりこみ？　のうたん？　どこの世界のなんの話？　それにテクスチャーだ。素材の質感ってやっぱりなんなんだ？

部活で佐川先生から教わった気はするけど、そういうのは覚えなくてもいいと思っていた。だって、絵は魂《たましい》で描くものだ。妙《みょう》な単語を覚える必要なんてあるか？

考えていると頭が痛くなりそうだったので、おれはシュークリームを一口で飲み込んだ。味は何もわからなかったが、面倒《めんどう》な単語も胃の中に流し込めた気がして、すっきりした。

◆

次の土曜日から、おれはアトリエに通うことになった。

月謝のお金もいるから家族に話したら、意外にすんなりと許してくれた。部活の延長だと思っているのだろう。東京の高校を受けようとしているなんて、予想もしていないにちがいない。

だましているみたいだが、おれの目的は美芸に受かること、つまり、あのいけすかない樹に勝つことだから、受かっても行かなきゃいいのだ。地元の高校と併願《へいがん》すればいいし、なんなら中卒でアーティストになるってのも、逆にかっこいい。

問題は、美芸の実技だ。どの美高も学力試験のほかにデッサンと水彩画《すいさいが》の実技があって、美芸の実技のレベルは、美大でいうところの芸大、つまり東京芸術大学《とうきょうげいじゅつだいがく》なみにすごいらしい。

「芸大って、そんなにすごいんですか?」

おれは、教えてくれた高三の市野《いちの》さんに聞き返した。美術部でも芸大芸大ってみんなさわぐし、ミサキ先生の母校でもあるらしいけど、いまひとつすごさがわからない。

「すごいと思うよ。まあぼくは、すごいとかすごくないとかで表すことでもないと思うけど」

市野さんは、涼《すず》しげな顔で答えた。なら、すごいんだろう。

市野さんは、このアトリエで最もうまい人と言われていて、当の芸大も合格確実という噂《うわさ》だ。その市野さんが、控《ひか》えめにでも「すごい」と言うんだから、たぶんすごいのだ。

樹は、それと同じくらいすごいところを受けるんだって、自慢《じまん》したいわけだ。笑えるな。

いや、笑ってばかりもいられない。美芸に受かるには、デッサンをどうにかしないといけないのだ。

おれのデッサンは、自慢じゃないが、ひどい。どうひどいかっていうと、たとえば、先週のモチーフは、テーブルの上に紙コップが三個あるものだった。

おれはまず、テーブルを平たく描《か》けなかった。紙コップは宙に浮《う》いてしまい、しかもかたむいていた。コップにジュースが入っていたら、まちがいなくこぼれていた。

樹は、平たいテーブルに紙コップがのっているデッサンを、ちゃんと描いていた。コップの影《かげ》のつけかたとか、「微妙《びみょう》な陰影《いんえい》」ってやつがポイントなんだろう。

なんとなくそう思うのだが、おれは同じようには描けない。だからおれは、部活でもデッサンをすることにした。これまでデッサンはさけてきたが、しかたない。

放課後、美術室に行って、はじっこの机にこそこそと立方体と円柱を並べて、描いてみた。でもやっぱり、うまく描けなかった。だいたい、ただの四角と筒《つつ》なんて、これっぽっちも描きたくない。描きたくないものを描いたらへたなんだから、どうしようもない。

部のやつらは、それぞれ粘土《ねんど》でなんか作っていたり、よくわからないキャラを描いている。あいかわらずピリピリするような空気はないが、さすがにみんなアーティストだ。誰《だれ》もが自分の世界に没頭《ぼっとう》していて、おれのへたなデッサンなんて見にこないから、そこは助かった。

ところが、佐川先生がのぞきにきてしまった。

「お、森山がデッサンなんて、めずらしいね」

「へへへ、まあ……」

先生、早く過ぎ去ってくれよ。そう心で願っているのに、先生は、過ぎ去らない。

「岬さんのところに通ってるんだって？　けっこううまい子が集まってるだろ」

「ま、そうですけど」

樹、とかな。くやしいけど、認めざるを得ない。

「森山、美高や美大もいいけど、デッサンしなくても入れるいい美術の学校もいっぱいあるぞ」

ちょっと、どういうことだ？

「先生、なんでそんなこと言うんですか！　おれにはデッサンのある学校は無理だとでも」

「そうは言ってないよ。もっと視野を広げてもいいんじゃないかってことだよ」

おれは焦《あせ》りを感じた。自分のデッサンを見ると、立方体も円柱も、やっぱりかたむいている。

だが、継続《けいぞく》は力《ちから》なり、だ。夏が近づく頃《ころ》、おれも強力なテクを身につけることができた。

それは「テクスチャー」だ。そう、素材の質感だ。

その日のアトリエのモチーフは一枚の食パンだった。トーストに使う、あの四角いパンだ。

おれはまず、食パンの四角い輪郭《りんかく》を線で描《か》いた。だが、その先が進まなかった。ただの白いパンを、これ以上どう描けばいいんだ？　考えていたら、市野さんが横に来た。

「森山君、パンの表面のテクスチャーを描けばいいんだよ」

「市野さんー、そのテクスチャーってやつ、いったいなんなんですかー」

「物の表面のそれらしさ、かな。このパンの場合は、表面のぶつぶつしているところとかね」

市野さんはそう言うと、おれの描《か》いたパンの輪郭の中に鉛筆《えんぴつ》でぶつぶつを描いた。

へえー、と思いつつ、おれもまねして描いてみた。でも、パンの表面なんて全体がぶつぶつだらけだ。おれはすぐに、「きりがねー」と思ってやめてしまった。

「森山君、あきらめずにパンをよく見て。ちゃんと観察して描けば、パンになるから」

「ほんとにほんとですかぁ……？」

おれは疑い半分で、ぶつぶつを再開した。パンを見てはぶつぶつ、また見てはぶつぶつ、と。

すると、いつのまにか、うっすらと暗いところと明るいところができていた。なんか、パンの表面っぽい。これは、「微妙《びみょう》な陰影《いんえい》」ってやつのなせるわざなのだろうか？

おもしろくなってきて、そのまま描いていったら、真ん中がちょっとへこんだ、やわらかい食パンって感じになってきたのだ。仕上げに、パンの耳の部分をグレーに描き込んで、完成！

樹も、最初からわかりやすく言ってくれよって感じだ。もちろん樹は何も言わないし、何も教えてくれない。こっちだって教えてもらいたくもない。だいたいあれから話さない関係だ。

この日からおれは、テクスチャーにこだわり始めた。

ミサキ先生も、「万里君のデッサンは、味があるよね」なんてほめてくれる。

おれのデッサンは、形はあいかわらず変だけど、テクスチャーに限っていえば樹よりもいけてる。樹のデッサンは、うまいけど、優等生的でおもしろみがないんだ。

たとえば、見学の日に樹が描《か》いていた金属の缶《かん》とテープカッター。あのあとおれも描いてみたが、ミサキ先生も言ってたとおり、「映《うつ》り込《こ》み」がポイントだということがわかった。つまり、金属の缶やテープカッターのプラスチックの部分に布が映り込んでいる感じを、布のしわで描《か》き込《こ》んでいくんだ。

すると、缶の筒《つつ》の形や、テープカッターの曲面が見えてくるのだ！　なぜかというと、曲面のところでは映り込むしわもそれにそってゆがむから、それで物の形が表現できるわけ。

しかし、細かい作業のきらいなおれが、こういう精密なテクをものにできるとは……。

やればできるってこと？　いや、おれって最初から天才だったのでは？

もう、夏みかんでもバケツでも怖《こわ》くない。このテクさえあれば、樹に勝てるぜ！

おれは自信まんまんで、樹との最初の決戦の日を迎《むか》えたのだ。

◆

夏休みに入って、前期二週間の夏期講習が始まった。高校生の人たちと一緒《いっしょ》に、朝から夕方まで一日中、デッサンだ。最初の土曜日が、最初の決戦の日となった。つまり、みんなの前で作品を評価される「講評」があるのだ。

「今回は、二日でデッサンを仕上げますよ。明日の夕方四時から講評を始めます。シュークリームもあるから、帰らないようにね」

前日の金曜日、先生が、モチーフを置くテーブルの上をぞうきんでふきながら言った。

「講評なのに、帰る人っているんですか？」

そばにいた市野さんに聞くと、市野さんは首をすくめて答えた。

「ミサキ先生の講評、ちょっと怖《こわ》いんだよね」

ミサキ先生が？　想像できない。ま、おれはいつもほめてもらってるし、大丈夫《だいじょうぶ》だな。

ところが、テーブルに置かれたモチーフを見て、おれはがくぜんとした。なんと、石膏像《せっこうぞう》がひとつだけ。映《うつ》り込《こ》みとか布のしわとか、おれのテクを発揮できるものが何もない。

ミサキ先生は、おれの焦《あせ》りを目ざとくキャッチした。

「今回のモチーフは、美大の受験用なの。中学生の樹君と万里君にはまだ早いんだけど、物の形をとらえる練習になるのよ。それか、静物のモチーフも用意するから、そっちにする？」

「物の形をとらえる……」

それって何？　おれが考えていると、樹がいきなり、

「石膏やります！」

と手を挙げて言った。おれもあわててうなずいた。こんなところで負けていられない。

石膏《せっこう》デッサンは初めてだけど、受験には関係ねーしって気楽に描《か》き始《はじ》めたせいか、スタートは快調だった。何よりも、美しい。石膏像がビーナスなのがいい。頭部だけだけど、それでもビーナスは美の神様だけあって、おれの好きなアイドルのみみりんに似てるのも、よかった。

ところが午後になったら、壁《かべ》にぶちあたった。

「あー、『あばた』って苦手ー」「後頭部が、意外にボリュームあるよね」

高校生たちがぶつくさ言い始めた。

「あばた」ってのはこの石膏像の呼び名。正式には、「あばたのビーナス」。いや、本当の正式名は違《ちが》うらしいんだけど、むずかしくて覚えにくいからか、顔のあばたが特徴《とくちょう》だからか、そう呼ばれている。正面から見ると単に西洋的な美人なんだけど、横から見ると、日本人の頭のシルエットとぜんぜん違うことに驚《おどろ》かされる。

額から鼻がいきなり出ていて、とにかく高い。それに後頭部は、ものすごいボリューム感。自分のデッサンを見てみると、顔だけがお面みたいにぺたっとしている。立体感、ゼロだ。

あービーナス、なんで「私の頭はみみりんと違って、ボリュームあるからね！」とか、最初から教えてくれないんだよ……。

ばかな文句を考えている場合じゃない。奥行《おくゆ》き描かなきゃ。でも、どうしたら奥行きが出るのかわからない。描《か》いては消し、描いては消しの繰《く》り返《かえ》しで紙が汚《よご》れるばかりだ。

（こうなったら、あのテクだ。テクスチャーだ。あばたを描くんだ。食パンの表面みたいに）

気がつけば、まわりの高校生たちも、あばたをていねいに描いている。見ていると、だんだん顔の表面がそれらしくなってきている。

おれも、あばたの陰影《いんえい》を細かく描き込んでみた。月のクレーターみたいなあばたをちゃんと描くんだからビーナスには失礼な気がしたが、ちょっと顔の立体感が出た。

そのかわり、髪《かみ》のウェーブを美しく描き込んであげた。すると、頭部も立体的になった。これはいける、と思ってどんどん描いていって、帰る時に遠くに立って見てみたら、

「できた……」

できていたのだ。そこには、美しい「ビーナス」がいた。

これなら樹に勝てる！　おれはそう確信して、軽い足取りでアトリエを出たのだが……。

「え、これ、おれのデッサン？」

翌日の土曜日、決戦の日。おれはアトリエに入って驚《おどろ》いた。朝の光の中で見る自分のデッサンは、ひどかった。黒い線ばかりで、昨日の帰りに見た時とは別の絵だ。

（ちくしょー誰《だれ》がこんなことを……。樹か⁉）

なんて思ってしまったが、よく見れば、このデッサンはたしかに、おれがおれの線で描いた、

おれのものなのだった。樹が後ろから、ぼそっと言う。

「絵は自然光で描《か》かないとね。夕方はコントラスト、つまり明暗しか見えないから、調子にのって描き込んじゃうんだよね」

「ちょ、調子にのってって……！」

おれは文句を言いかけたが、やめた。今はそれどころじゃない。とりあえず、あばたと髪《かみ》のウェーブの線を消したり、こすってみたりしたら、逆にへこんだようになる始末。

「あばたはさあ、誰《だれ》もがおちいりやすい、このビーナスのワナなんだよね」

「なんでそう上から目線なんだよ！　だいたいワナってどういう……」

この時、ミサキ先生が怒《おこ》りながらアトリエに入ってきた。

「もー、みなさん！　どうしてあばたばっかり描くの？　あばたが強調されすぎて、全体の形が目立たなくなってるじゃない！　これじゃあビーナスだって怒っちゃうよー」

みんな、目が泳いだ顔できょろきょろする。

「だいたい『あばた』って呼び方が失礼だわ。高貴なビーナスに……あ、そうだわ」

先生は、ばたばたとアトリエを出ていくと、何かを持ってばたばたと戻《もど》ってきた。

なんと、ビーナス像に、ぐるぐると包帯を巻き始める。

「これであばたも目も口も見えないわね。今から、この包帯巻きのビーナスを描きますよ。みなさんはこうでもしないと、表面ばっかり描《か》いて、形をとらえられないからね」

こうしておれたちは新たに、包帯ぐるぐるビーナスのデッサンをやることになった。顔も見えないビーナスなんてまったく描く意欲がわかないが、しかたない。

形をとらえる、か。ほんと、どうすればいいんだろうな。考えている間に、午前中は終わってしまった。やっぱりおれには、考えるっていうのは向かないらしい。

あれ？　……そういえば包帯だよ。包帯の布地を描けばいいのでは？

布のしわや映《うつ》り込《こ》みと同じだ。包帯がテクスチャーになるじゃんか！

こう気がついたおれは、昼飯も抜《ぬ》いて、包帯の布地をていねいに描いていった。

そうだよ。これで頭の丸みが出せる。鼻の形だって描ける。もっと早くやればよかったよ。

調子よく描き続けて、ふと思い立って樹のデッサンを見にいった。後ろからのぞき見ると、ぼんやりとした白っぽいデッサンだ。おれの力強いデッサンと比べて、いかにも弱々しい。

樹がふりむいた。すごく、自信のなさそうな顔で。

けけっ。おれの勝ち！　一度は絶望したおれだが、パワーアップして生まれ変わったのだ。

そして、午後四時になった。みんな、それぞれデッサンを前の方に並べる。

おれも自分のデッサンを並べた。迫力《はくりょく》といい、描き込みといい、なかなかだ。

講評が始まった。静まり返った部屋の中を、ミサキ先生が靴音《くつおと》を響《ひび》かせて、左端《ひだりはし》のデッサンの前に歩いていく。左端、それは市野さんのデッサンだ。

「まず、市野君からいきましょう。えー、包帯を巻いているっていう特殊《とくしゅ》な状況《じょうきょう》にひきずられていますね。この包帯の中にビーナスがいるって思えませんよ」

え、市野さんにこのコメント？　ミサキ先生、まじ怖《こわ》い。

市野さんは、ひきしまった表情で自分のデッサンを見ている。みんなも緊張《きんちょう》した顔で、かたまる。市野さんがこの言われようじゃ、自分たちも何を言われるかわからないからだろう。

でもおれは、大丈夫《だいじょうぶ》だ。おれのテクは、新しい段階を迎《むか》えたんだ。おれは深呼吸をして、怖いという感情をおしとどめた。何人かの先輩《せんぱい》たちへの批評のあと、おれの番になった。

「次は、森山君」

あれ？　ミサキ先生、いつもは「万里君ー」なんて親しげに呼んでくれるのに。

「包帯がよく描《か》けてます。なんのために包帯巻いたか、理解していたのでしょうか」

え。今なんて？　もしかして、すっごいきついこと言われた？

「次は、新堂《しんどう》君」

先生は、おれのデッサンにはそれ以上何も言わずに、樹のデッサンの前に歩いていった。

えええ、おれは、今ので終わり？

「ここまでの人の中で、いちばん描けています。包帯にひきずられなかったのは新堂君だけね」

樹を見ると、やつもおれを見返した。メガネの奥《おく》の目をきらっと光らせて、笑う。

なんてことだ。おれ、あのぼんやりした弱々しいデッサンに負けたのか……？

◆

講評が終わると、シュークリームが出てきた。

「遅《おそ》くなったけど、おやつにしましょー。みなさんおつかれさまー」

いつもの楽しげなミサキ先生の声に、みんな、はあーっと息をついてよろよろと立ちあがる。

樹だけは、いそいそと小皿にシュークリームをのせて配ったりして、先生を手伝っている。

おれの前にもシュークリームの皿が配られた。

樹の顔を見ずに、だまって皿を受け取る。

シュークリームをぼそぼそと食べていたら、ミサキ先生がおかしそうに話しかけてきた。

「ほんっと、万里君てば最高！　包帯をあそこまで描《か》くとは思わなかったわー」

樹も先生の隣《となり》で、背中を丸めて、必死に笑いをこらえている。

「何がおかしいんだよ！」

おれがつつくと、樹はゲラゲラ笑いだした。

「だ、だって、物の表面を描《か》かないようにって包帯巻いてんのに、そ、その包帯を精密に描くってさあ。と、透明人間《とうめいにんげん》キャラコンテストがあったら優勝だよー。ギャハハハー！」

透明人間キャラコンテスト！　たしかに、おれは包帯にだけエネルギーを注いだから、おれのデッサンには包帯しかない。中身のない透明人間ってのはそのとおりだ。

でも、笑いすぎだぞ。当たってるから、よけいに腹立つし。ミサキ先生も、「ねえ樹君」と話に加わる。「そんなに笑っちゃ失礼よ」なんてたしなめてくれるのかと思いきや、

「いいねー、もっとそうやって笑おうよ。自分にプレッシャーかけすぎるの、よくないしさ」

と、樹を心配するまさかのコメント。おれも樹がゲラゲラ笑うとこなんて初めて見たけど、先生、おれは樹のダシですか？

おれの憤慨《ふんがい》した顔に気づいたミサキ先生は、申し訳なさそうに言った。

「ごめんごめん。万里君も、包帯の繊細《せんさい》な質感はとてもよかったのよ。でも、受験を突破《とっぱ》するためには、形をとらえるトレーニングが必要かもね」

また「形をとらえる」かー。どうすりゃいいんだよ。すると樹が言った。

「森山君のデッサンは、表面的なんだよね。もっと回《まわ》り込《こ》みをちゃんと描かないと」

「いちいちむずかしい言い方するな。なんだよ回り込みって」

「物体の真後ろへ向かう、丸いラインだよ。ほら、石膏像《せっこうぞう》の後ろの方をよく見てよ。影《かげ》になって

るけど、いちばん後ろは少し明るいでしょ。それを描《か》くことで、丸さを表すんだよ」

言われておれは、あらためて石膏像《せっこうぞう》を見てみた。

「どこまでも真っ黒だぞ」

「もっとよく見て。後ろからさす光で、ほんのりと明るく……」

「見えない」

本当に真っ黒にしか見えない。樹とおれでは、目の仕組みが違《ちが》うのか？

「はあー？　今それじゃ、美芸どころかどこの美高にも受かんないよー？」

「どうせおれはドヘタだよ！　受験なんてやめてやるー！」

もううんざりだ。アートをやるのに、なんでこんなもの描かなきゃいけないんだ。そっくりに描くなんて、写真に撮《と》れば済むことじゃんか。

……写真？　……そうだ、写真だよ！

「な、もしかして写真を撮ってそれを描けばいいんじゃないか？　写真なら、光と影《かげ》がはっきりする。回《まわ》り込《こ》みがどうのって意味不明なやつも、写真を見ればわかる！」

おれは思わず、樹の肩《かた》をゆすって話しかけていた。

ところが、樹はおれの手をゆっくりとどけて、あきれた声で言った。

「写真って……だめでしょ。デッサンは、自分の目で見て描くことに意味があるんだよ」

「なんでだよ！　説明してみろよ。わかりやすく、三十字以内で、むずかしい漢字使わずに！」

「だ、だめなものはだめなの！　そんなことする人、このアトリエにもいないから！　約三十字！」

樹でさえも、なぜだめなのかは説明できないらしい。

「……ちっ。アーティストはみんなデッサンうまかったのかよ。ピカソなんてあんな絵でさっ」

横を向いてぼそっと言ったのに、

「うまかったでしょ。有名な画家の絵は、みんな構成がしっかりしてるじゃない。へたっぽく見えるデフォルメだって、あえてやってるんだし。ピカソなんかその典型だよ。ピカソの子ども時代のデッサンって、超《ちょう》が百個つくくらいすごいよ。デッサンが狂《くる》ってるみたいに見えるキュビスムの作品だって、その基礎《きそ》があってこそなんだからね」

十倍にされて言い返された。切り札のピカソのことまで、ちゃんと解説してくれて……。

しかし、おれの絵は、どうだろうか。おれは、自分が美術部で描《か》いてきた絵を思《おも》い浮《う》かべた。

下書きなしの、一発勝負。ぶっとい筆でぐんぐん塗《ぬ》って、そこにエネルギーを感じさせる絵。

ようするに、何を描いてあるのかわからない絵だ。

そんなものをばーんと見せつけると、部のやつらは、すごいーとか、難解ーとか言ってくれるが（ちなみに難解ってのは、おれたちの間ではほめ言葉だ）、おれだけは知っていた。

おれの絵は、はったりなのだと。おれは、単にへたなのだと。

おれは、そのへたさをカバーするために、ぶっつけ本番みたいな絵を描《か》いてきたのだと。

同じ絵は二度と描けない。それこそが、すごいアーティストの証《あかし》なのだと。

(デッサンなんかやらなければ、おれは今頃《いまごろ》アーティストでいられたのに。それもこれも樹のせいだ。いや、そもそも佐川先生がチラシなんか持ってこなかったら樹にも会わなかったし、その前に草太がシュークリームの話なんてしなければ、おれはイライラしなくて済んだし……)

頭の中に黒い思いがループする。と、ミサキ先生がいきなり明るい声で言った。

「えーと。写真に撮《と》って描けばいいっていう声も聞こえてくるので、今日は大切なことを言うわねー。みなさんは、受験のためにデッサンをやってると思いますが、本来、デッサンは、そっくりに描くのが目的じゃないのよ」

え。じゃあ、そっくりに描かなくてもいいの?

頭の中の黒い思いが、さっと晴れていく。急いでノートにメモしている人もいる。

だって、これすごい話だよ。へたでもいいってことじゃんか。

「デッサンは、描き手がモチーフを理解するための作業だと、私は思ってるの。たとえば、このビーナスを観察していると、いろいろな点が見えてくるでしょ。鼻が高いんだなとか、後頭部が大きいんだなとか、重そうだなとか。それを紙に表していくことが、モチーフを理解するってことね。もちろん、正しく理解されれば、結果的にそっくりになるわけだけど」

おれは、まじまじとミサキ先生を見つめてしまった。先生がビーナスのように輝《かがや》いて見える。

「そっくりじゃなくていいんだぁ。ラッキー」

そんな声も聞こえる。そうだよ。それなら、おれにも希望の光が見える。

けど、樹がおれの方を向いて冷たく言いはなった。

「そっくりじゃなくていいデッサンなんて描《か》いてたら、何年浪人《ろうにん》しても受からないよ。受験の場合は、正しく理解できた人だけが、高倍率を突破《とっぱ》できるんだからね」

「あのなあ、『そっくりじゃなくていい』って言ったのは、おれじゃないんだけどな」

おれはくやしまぎれに言い返したけれど、ずーんと落《お》ち込《こ》んでしまった。ま、そうだよな。だいたい、このアトリエだって、受験を突破するためにみんな来てるわけだし。

ミサキ先生くらいのアーティストになれば、なんだって言えるし、何描いたって認められるって話なんだ。受験生がそんなこと言っても、誰《だれ》にも相手にされないよな。

おれはこのまま、物の形ってやつをとらえられずに、受験も突破できずに、終わるのかな。

一度、希望の光が見えた分、落ち込んだ先は真っ暗だった。

◆

前期夏期講習が終わると、八月の後期夏期講習までアトリエの教室は休みになった。正真正銘《しょうしんしょうめい》の夏休みだけど、この間に、東京の美大予備校の夏期講座に通う人もいる。樹も、どこかの美大の親子講座に行くとかいう話を、ちらっと聞いた。

あいつ、ほんとに本気なんだな。

おれはすっかり傍観者《ぼうかんしゃ》になってしまった気分だ。「受験なんてやめてやる」と樹に言いはしたけど、本当にそういう気分になるとは思わなかった。

アトリエは開いているし、ミサキ先生も来ているので、絵を描《か》いていってもいいけど、指導はされない。先生は、この冬の銀座の個展に向けて、自分の作品を作るから。

自分の作品か。先生は、どんな絵を描きたいんだろう。

おれはいったい、どんな絵を描きたいんだ？　この数日、アトリエから遠ざかり、樹の顔も見ないせいか、勝つっていう目的が薄《うす》れてきて、自分が何をしたいのかわからなくなっている。

家にいれば、暑いのに草取りをさせられる。「アーティストが草取りを……」なんてもんもんとしていたら、ちょうどよく草太が遊びにきた。

「万里ー、シュークリーム食べにいこー」

のんびりした草太の顔も、手持ちぶさたの心にはうれしい。

「草太ってほんと、食いもんのことばっかだな」

ちゃかしたら、草太はまじめな顔で言った。

「万里、認識《にんしき》が甘《あま》いよ。よしだファームのシュークリーム、本物だぜ。原料の牛乳が最高でさ、オーナーの吉田《よしだ》のおじさんが、貯金を全部つぎ込《こ》んで、何年もかけて牛を大切に育てて、そういう努力の結晶《けっしょう》なんだよ」

「貯金を全部？　何年も？　……って牛乳に？」

でも思い出した。たしか吉田さんは、東京の大企業《だいきぎょう》を脱《だつ》サラして、この町に引《ひ》っ越《こ》してきて、牛を飼い始めたんだ。「どうせ失敗するよ」とか、「よそから来る人は無茶するねえ」なんて、おやじとばあちゃんが話していたっけ。

「東京の有名なパティシエも、よしだファームのバターをわざわざ取り寄せてるって話だよ。青波のなんとかって店のシュークリームも……」

「それってもしかして、りんりん堂？」

忘れていたシュークリームの味がよみがえった。いや、正確には味は覚えていない。

でも、アトリエの油絵の具のにおいとか、北側の窓から入る光とかが、急になつかしく思い出されてきて、おれは草太をせかして、よしだファームへ向かったのだ。

クーラーのきいた店内でシュークリームを、ぱくっとほおばる。

「う、うまい……」

おれは泣きそうになった。

なんだこの味は。力強さとさわやかさと繊細《せんさい》さが、なんともいえないバランスだ。

窓の外を見ると、店の看板牛のジャージー牛が、もぐもぐと草を食べている。牛よ、きみの牛乳はなんておいしいんだ。きみは、本物だ！　まあ、牛に本物もニセモノもないだろうが。

おれはなんで、りんりん堂のシュークリームをちゃんと味わわなかったんだろう。

いや、味わえなかったんだ。勝つことしか考えていなかったから。

「このほうじ茶ラテとシュークリームがまた、合うんだよねー」

草太は幸せいっぱいの顔で言う。本物って、人をこんな顔にするのか。

おれのアートは、誰《だれ》かを幸せな顔にしただろうか。

おれ、何やってるんだろう。はったりだけの絵を描《か》いたり、樹とはりあってみたり。

「草太悪い、ちょっと行ってくる。おれも本物を見つけなきゃ！」

「はあ？　本物？　何？」

おれは、目を丸くしている草太を置いて店を走って出た。よしだファームの牛も、シュークリームも、そうそう、りんりん堂のシュークリームも本物だろうけど、おれの本物は、やっぱりアトリエにある気がしたんだ。

電車で青波に向かった。アトリエについて、三階に行くと、二、三人の高校生たちがデッサンをしていた。笑ったり、おしゃべりしたり、指導をされないせいかリラックスした空気だ。

「四階、行ってみた？　先生、作品作ってるよ」

市野さんが、鉛筆《えんぴつ》で天井《てんじょう》の方をさした。

「行っていいんですか？　迷惑《めいわく》なんじゃ」

「大丈夫《だいじょうぶ》。先生は、まわりに左右されない人だから」

階段を上がると、ドアが開いていた。おれは、静かに中に入った。

先生は、大きな紙に線を引いていた。筆に絵の具をつけて、紙に水色の線を、しゅーっ、しゅーっ、と引いている。

「万里君、いらっしゃい」

先生は、向こうを向いたまま言った。

「すんません……。おれだって、わかっちゃいましたね」

「シュークリーム食べたい！　っていう気持ちが伝わってきたから。なーんてね、三階の声が聞こえたの。それより、これどう？　いいでしょ」

先生は、ふりむいて笑った。同じ色の線だけが何本もある。いいかどうかは……。

「描《か》いている途中《とちゅう》……ですよね。何を描いてるんですか」

「なんだろー。なんだと思う？」

「え。いや、おれに聞かれても。わからないのに、描《か》いてるんですか？」

ふつうアーティストって、何を描くか決めてから描くものなんじゃないのか？

「個展が決まったのはいいんだけどさ、何描くか思いつかなかったの。ずっと考えてたんだけど、今朝、ひらめいたの。とりあえず描いてみようって」

とりあえずか。なんか先生、おれと似てるな。

現代美術作家の有川岬とおれじゃ、とりあえずのレベルが違《ちが》うとは思うが。

「万里君は、何が好き？」

「ええ？　なんですかねえ……」

この場合、目立つことが好きとか、そういうのじゃないんだろうな。

まあ、雲をぼんやり見ていることは、わりと好きかな。

「私はね、朝の光が好きなのよ。で、そのきれいさだけを描いてみようって思ったの。具体的には、朝の空のきれいさをね。それで、今日の朝の空みたいな色の絵の具を選んで、線を一本引いてみたの。そしたらおもしろくなってきて、何本も引いてみてるの」

なんだか、ミサキ先生いつもと違う。講評の時の怖《こわ》さとも違う。なんだろう。

「線を引き続けると、空になるってことですか」

「きっかけは空だけど、空を描《か》いてるってわけでもないのよね。ほら、こうやってずっと引いていると、だんだんつかれてきて、線が弱くなったり乱れたりするのよ。一日やってると、いろいろな線ができあがるんじゃないかな。そしたら、また、何か見えてくると思うわけ」

なんだなんだ？　よくわからないけど……なんかいい。

「冬の個展まで毎日、その作業をすることにしたの。いい作品を作ろうとか、考えずにね」

おれは思わず、大きく息を吸《す》い込《こ》んだ。先生の言う、きれいな朝の空気を吸うみたいに。

そしたら、先生の作品にかける真剣《しんけん》さが、おれの中にも満たされていく気がした。

好きなもの、描きたいものが、もわーっとわいてくる気がする。

「先生、おれもなんか描いてもいいですか？　じゃまにならないように三階に行きますから」

「べつにここでもいいよ。せっかくの夏休みなんだし、好きにすごしていったら？」

先生はそう言ったきり、また紙に向かって線を引き始めた。先生の背中を見ていたら、自分の中をすーっと風が通ったような気がした。

山東町の田んぼの稲《いね》が、風に吹《ふ》かれてゆれている、そんな光景が心の中に広がっていく。

田んぼの中には、よしだファームの牛の看板。空には白い、クリームみたいな雲。

アトリエの窓の向こうにも、ぽっかりと雲が浮《う》いている。あの雲をデッサンしてみたらどうかな。おれの得意なテクスチャーで雲の陰影《いんえい》も描いて、空もグレーで繊細《せんさい》に塗《ぬ》ってみたら。

これならおれにだって描《か》ける。雲と空なんだから、輪郭《りんかく》がいびつでもはずかしくない。

おれは、引き出しから紙を一枚取り出すと、カルトン（画板）にはさんだ。気楽に描きたいのでイーゼルを立てるのはやめて、窓のそばの椅子《いす》に座《すわ》って、ひざの上にカルトンを置いた。

初めて味わう楽しい気持ちで、おれは白い紙に鉛筆《えんぴつ》の線を引いた。

◆

八月の後期夏期講習が始まった。樹は、デッサンに着色をする水彩画《すいさいが》の課題をやっている。

おれは、やらなかった。そのかわり、空と雲のデッサンをやっていた。

夏休みじゅう、おれはあれから毎日アトリエに通って、四階で雲と空を描いていた。

すぐに飽《あ》きると思っていたのに、ぜんぜん、飽きなかった。空なんて全部同じ濃《こ》さで塗《ぬ》ればいいと思っていたし、雲なんて白く残しておけばいいと思っていたが、違《ちが》った。

まず空。ずっと見ていると、明るいところと暗いところがあるように思えてくる。

それから雲。同じ形なんて、ひとつもない。雲は水蒸気のかたまりで、物じゃないんだからあたりまえだが、描くまでそんなこと気づかなかった。

そんなこんなで毎日描いていたら、十枚のデッサンができあがった。空と雲で正解だった。おれのへたさがまったく目立たない。それに、十枚並べてみると、それぞれに違《ちが》いが出ていておもしろい。空の濃《こ》さも雲の形も日によって違う。一枚一枚に知らない自分がいるみたいだ。

そして今日もおれは、四階の窓の前に陣取《じんど》って、デッサンを続けていた。

ところが、白く輝《かがや》いていた紙が、いきなりくもった。

「こんなとこで何やってんの。そんなのんびりした絵なんて描《か》いて」

窓の前に樹が立っていた。水洗い用のバケツと筆を持っている。まじめに課題やってんだな。

「いいじゃんか。人がどこで何描こうと」

「今がどういう時期かわかってる?」

樹は、顔をやや赤くしながら言う。怒《おこ》ってんのかな。からかってやろっと。

「時期?　あー、新堂樹君は、受験ってやつの準備ですかね」

「森山万里君は、受験ってやつの準備をしないんですか」

「おれ、受験しないもん」

そう言ってしまったら、おれはいきなりさびしくなって、どんどん言葉をつないだ。

「おれ、デッサン致命的《ちめいてき》にへただからさ。見てりゃわかるだろ。だいたいうちには東京の高校に行ける金なんてないしさ。東京って下宿もしなきゃだからさらに金かかるしさ。そもそもアートに学歴なんか必要ないっておれは思ってて」

そこまで言ったら、樹はいきなり、おれのカルトンに筆をがん！　とつき立てた。

「ななな何すんだよ！　暴力反対！」

筆が包丁だったらどうするんだよ。おれは平和主義者なんだぞ。

「へたでも受ければいいのに！　森山君みたいなへたな人でも、受かるんだって証明すればいいのに！　へたでも受験なんてどうってことないぜって、いばればいいのに！」

「へたって三回も言うな！　いばれるかそんなの！」

おれは、わざとカルトンの上の紙の汚《よご》れをはらうふりをした。それを見た樹は、静かな顔になると、くるっと向きを変えて階段をおりていった。

そうだ。いいんだよ。樹は受験する。そのために課題をやっている。おれは、課題をやらないっていうのですでに受験コースをはずれたんだ。また、窓の外を見ながらデッサンを続ければいいいんだ。これは負けじゃない。新たなスタートなんだ。

頭ではそう思っているのに、さびしい。勝つとか負けるとかだったらわかりやすいのに、このさびしいっていう気持ち、まじやっかいだ。

そのままおれは、ぼーっとしていたらしい。

「三階は休憩《きゅうけい》時間だよー」

ミサキ先生が呼びにきたので時計を見たら、午後三時になっていた。おれは、午前中からずっと同じ姿勢で、窓の外を見ていたみたいだ。

三階におりていったら、みんな、めいめいの場所でシュークリームをほおばりながら、しゃべったり絵をチェックしたりしている。おれはもう、あんな時間は持てないんだな。

「ちょっとぉ万里君ー、受験しないんだってぇ？　樹君が言ってたけど」

ミサキ先生は不満そうに言いながら、おれの横にどかっと座《すわ》る。それでも、シュークリームの皿を渡《わた》してくれる。おれは、だまってシュークリームをほおばった。

「つまんないわねえ。中三男子の美しきライバル対決がもう見られないなんて。だいたい、ろくに対決もしてないじゃないの。あーもー、がっかりー」

ミサキ先生はねちねちと言うが、おれはだまっていた。シュークリームがうまい。本物の味がする。でも今のおれは、草太みたいな幸せな顔はしていないんだろうな。

先生もつまらなそうにシュークリームを食べていたが、全部食べ終わってから、言った。

「マチスって、実は希望の美術学校に入学できなかったって知ってた？」

いきなりなんの話？　先生、いつも唐突《とうとつ》だな。

「あのアンリ・マチスのことですか？　斬新《ざんしん》な色使いの油画とかポップな切り絵で有名で、こじゃれたカフェなんかに飾《かざ》ってあるっぽい」

「そうそう、そのマチスね。マチスはね、だけどどうしても絵を習いたくて、毎日、その学校の門の前まで通ってたんだって。でも、やっぱり入学はさせてもらえなかったんだって」

「ええ、あんなに超《ちょう》有名な画家なのに？　……信じられない」

だいたい入学できなくて門まで毎日通うって、ふつうはずかしくてできないだろ。

「それがね、ある日、教授に認められて、個人レッスンを受けられるようになったんだって！」

……そうなんだ。マチスって、なんの苦労もない、すかした天才だと思ってたのに。

「あと、ルソーなんて、一度も絵の教育を受けたことがないんだよ」

「ルソーって、あの、幻想的《げんそうてき》なライオンとか、ヘビの横で笛を吹《ふ》く女の人とかの？」

「そう。そのアンリ・ルソーよ。デッサンのビミョーなね。ここだけの話だけど」

ミサキ先生がこそこそ言うので、おれも笑ってしまった。

そう。ルソーのデッサンは……微妙《びみょう》だ。おれでもそう思う。樹は、有名な画家の絵は構成がしっかりしてるとか言っていたが、ルソーはやっぱり微妙だろう。

だが、ルソーはおれの好きなアーティストのベスト3に入っている。あとの二人は一応ピカソとゴッホだけど、これは有名どころだからおさえとして。ちなみにマチスは四番目。

ルソーは別格。おれと一緒《いっしょ》にしちゃ悪いが、デッサンが微妙どうしで親近感がわくって以上に、おれの魂《たましい》をゆさぶるアーティストなのだ。

「ルソーはずっと、独学で描《か》いてたの。本当に絵が好きだったのね。でも、プロの画家の中には、ばかにする人もいたりしてね」

おれの中ではマチスよりも、いやピカソやゴッホよりも尊いルソーが、そんな……。

「そんなの、おかしいですよ。おれは、それでもルソーが好きですよ」

「そう。だから、それでいいのよ」

つまり、アートは学歴でも、技術でもないってことか。おれがもともと考えていたことじゃないか。でも、先生にまで気をつかわせていたと思うと、おれはそんなに同情される立場なのかと、よけいにさびしくなってしまった。

「万里君。秋にさ、一緒《いっしょ》に展覧会やろうか」

「展覧会って、先生は冬に銀座で個展をするんでしょ？」

「その予習みたいなものよ。二人で、四階の壁《かべ》一面に絵を飾《かざ》ってみようよ」

先生、もう気をつかってくれなくていいですよ……。おれはそう言おうとしたが、先生の顔を見て、言うのをやめた。先生、ほんとに楽しそうな顔をしている。まじでやる気でいるんだ。

◆

「万里君、聞いてよ。昨日さ、りんりん堂に並んでたらさ、後ろのおじさんが私の顔をのぞいてさ、なんて言ったと思う？　こんな店に並ぶから若い子かと思ったら、おばさんかー、だって！　自分だっておじさんのくせにさあ！」

「……先生、少し静かにしててくれませんか？　ぜんぜん描《か》けませんよ」

ミサキ先生は、さっきからしゃべりまくりで、おれはちっともデッサンができない。

「ごめんごめん。集中するための儀式《ぎしき》みたいなもんなのよ。なんか今日の線ってよくなくてさあ。なんかスカッとする映画やってないかなあ。かっこいい女がいい男をしたがえてさあ、ばんばん活躍《かつやく》するみたいなさあ」

おれはあきらめて空をながめた。この「儀式」ってやつが、毎日、思いのほかたいへんなのだ。もしかして先生は、この儀式につきあわせるために、展覧会を一緒《いっしょ》にやろうなんて言いだしたんじゃないのか？　とかんぐってしまう。

けれど、三十分くらいすると、いつのまにか先生は静かに線を引いている。アーティストっておもしろいな。まるで、宿題にとりかかれなくて、ゲームしちゃったり、マンガ読んじゃったりする子どもみたいだ。アーティストって、子どもの純粋《じゅんすい》さを持っている人なのだろうか。

ミサキ先生と背中を向けあって絵を描いていると、自分も小さな頃《ころ》に返るみたいな気がしてくる。その頃は、今よりもいろいろなことを楽しめていたような気もする。

もっと子ども時代に返ったら、おれも一流のアーティストになれるだろうか。

そういえば、いつも見ている空は、広い世界につながっているんだ。おれも、いつか世界に出ていけたりして……。先生とすごしていると、そんなふうにも思えてくる。

その翌日、いつもの儀式《ぎしき》につきあわされていたおれは、ドアのくもりガラスの向こうに気になる影《かげ》を見つけた。

「万里君、あの窓の看板、ほんっときたないと思わない？　このビルを借りた時に、しょうがなくって私が新聞の字を拡大コピーしてはったんだけど、まさかずっとそのままだとはねえ」

「先生、さっきからドアの向こうに、人がいるみたいなんですけど」

「あら、誰《だれ》か画材を買いにきたのかな。どうぞ入ってくださーい」

ミサキ先生は、ドアに向かって声をかけた。鉛筆《えんぴつ》や練り消し（デッサン用の消しゴム）といった画材は、四階で先生から買うことになっているのだ。

入ってきたのは、樹だった。

「あ、すみません。あの、3Hと6Bの鉛筆を」

「3Hと6Bね。何本買ったか、そこのメモに書いといてね。お月謝と一緒《いっしょ》に精算ね」

樹は鉛筆を何本か箱から取ったが、帰らない。

「他にも何かいるの？」

「あのー、練り消しも……二個」

樹は、練り消しを箱から取ってもまだ、うろうろしている。

「ねえ、樹君もここで一緒《いっしょ》に描《か》かない？　課題なんかさっさと終わらせて、早くおいでよ」

「いいです」

樹はそう言うと、さささーっと出ていった。

「あっ、かわいくないー」

「先生、樹のやつ、おれに文句言いにきたんじゃないんですか？」

このあいだカルトンに筆をつき立てられたし、今度はまじで包丁でも持ってきたとか。

「違《ちが》うのよ。ほんとはここで一緒に描きたいのよ。でも、万里君の前だと強がっちゃうのね」

「なんでおれ、そこまで憎《にく》まれなきゃいけないんですかね」

「逆よ逆。樹君は万里君が気になるの。ほら、万里君は樹君にないものを持ってるからさ」

「へたさってことですか」

おれが自嘲《じちょう》ぎみに言うと、ミサキ先生はひそひそと言った。

「万里君、樹君のデッサンどう思う？　うまいけどおもしろくないでしょ」

ミサキ先生、ときどきずばりと言う。

「まあ、でも、かっこいいっすけどね」

そうなのだ。おもしろくはないけど、かっこいいデッサンなのは認める。

「そのかっこいい描《か》き方《かた》だってさ、市野君のまねなのよ。最初は、うまい子のまねするのは勉強になるからいいのよ。受験の対策にもなるしね。でも、樹君もそろそろ、自分らしい表現って何かを考えてほしいわけよ」

そういえば、樹はいつも市野さんの隣《となり》か後ろにいる。あれは、市野さんのデッサンを見るためだったのか？　そう考えたら、急に樹が小さく見えてきた。いや、樹はもともと小柄《こがら》なんだけど、前は生意気な分、大きく見えていたのかもしれない。

「樹君はね、万里君の、自分らしくはちゃめちゃに進むところがうらやましいのよ。だから万里君にも心を開いて、自分を見つめて、新しい自分を発見すればいいのに、できないのよねー」

おれはふと、ドアの向こうを見た。また、影《かげ》がさっと動いて消えた。まずい。樹、聞いていたんだ。おれは初めて、樹に同情した。

おれだって、はちゃめちゃってのは当たってるけど、それがおれらしいかなんて、わからない。ただ、そう見せているだけかもしれないんだ。おれも、樹と同じように、こそこそとこの場から去りたい気分だった。去らなかったのは、先生の次の言葉があったからだ。

「万里君、私、ときどきわからなくなるのよね。なんで受験用のデッサンなんて教えてるのかなあって。作家ってお金がもうからないから、そのために始めたんだけど、みんな、受験を突破《とっぱ》することしか考えてないじゃない。どうしたら、受験のその先を、つまり楽しく絵を描くことを教えてあげられるのかしらね」

先生も、悩《なや》んでいる。おれや樹とはレベルが違《ちが》うけど。

でも、先生だって悩んでるっていう事実が、おれをちょっと、ほっとさせたのだった。

◆

後期夏期講習の最初の土曜日、なぜか美術部の佐川先生が四階にやってきた。

「あれ、佐川先生、なんか用ですか？」

「なんか用かはないだろう。ぼくはこれでも有川岬のファンだからね。アートの道に進めなかった者にとって、一流のアーティストと一緒《いっしょ》に展覧会ができるなんて、夢の夢だからね」

え、一緒に展覧会？　聞いてないぞ？　ミサキ先生が、すました顔で言う。

「人数が多い方が楽しいと思って、声をかけてみたのー。制作もここでやればいいしさ」

べつに佐川先生がいたってかまわないけど、これまではミサキ先生と二人だったから、おれも自由に描《か》いてこられたんだ。急に違う人がこの空間に入るのは、いくら顧問《こもん》の先生でもやだな。

そう思ったが、そんなもやもやも最初の二、三十分だけだった。佐川先生は、すぐにイーゼルを立てて、絵の具箱を開けて、絵を描きだしたのだ。部活の時とは、ぜんぜん違う顔で。

佐川先生の描《か》いているのは、この先にある川から見た風景らしい。ここに来る前に描いてきたらしいスケッチを見ながら、うすく絵の具を塗《ぬ》っている。まじめな佐川先生らしいやり方だ。

絵も、まじめな、つまり見たまんまの風景なんだけど、だんだんと絵の具が塗りかさねられていくと、すごくいい感じになる。先生のあたたかさが色に出てくるみたいだ。

佐川先生はずっと集中して描いていたけれど、昼休みに、ようやく話しかけてきた。

「森山も、今まではずいぶん違《ちが》う絵だね。いい絵だよ」

「そうすかね。へへ」

前だったら、佐川先生に何か言われたら、ついその裏を考えたりしていたが、今は素直《すなお》にうれしい。先生の素《す》の顔を見られたからかもしれない。

「森山、前に、美大や美高じゃなくても、いい美術の学校があるって言ったろ。先生も大学時代に、そういう学校の夜間部に通ってたんだ。そんな道もあるんだぞ」

「そこって、受験とかないんですか？」

「あってもそんなにむずかしくないよ。美術の好きな人が集まってるから、おもしろいよ」

ここのアトリエみたいにかな。そんな学校なら、行きたいかも。

でも、今のおれにはそれさえもどうでもいいことだった。毎日、描く。ひたすら描く。それだけでいいのだ。

次の土曜日、佐川先生につれられて、草太までやってきた。

「なんか、ひまそうにしてるからって……」

草太は不本意な顔をしていたが、しばらくすると、クロッキー帳に何かを描《か》き始《はじ》めた。のぞいてみると、またシュークリームのキャラだ。まったく草太、食べ物からちょっとは離《はな》れろよな、とおれはあきれたが、帰る頃《ころ》には、すごいことが起きていた。

「ちょっと草太……そのキャラすごくないか？」

「ぼくも、自分で描いてて怖《こわ》くなってきた」

草太のクロッキー帳には、たくさんの変なシュークリームのキャラが描かれていたが、その中でも、ひときわ目立つキャラがいた。妙《みょう》に恐《おそ》ろしい。

「なんかムンクの『叫《さけ》び』みたいな怖さだな……」

この四階の空気が、草太に、今までにない力を出させてしまったのだろうか？

四階の空気。それは、みんなが好き勝手に、自由に描いている空気ってことだ。

ミサキ先生にも、講評の時みたいな目線はない。自分の描きたいものは何かを先生自身がいつも考えているから、おれや草太の絵を見ても、いい時はいいって言ってくれる。草太のシュークリームのキャラなんか、ミサキ先生はけっこうお気に入りだ。

おれたち「展覧会組」は、こうして展覧会への道をいい感じで進んでいたが、問題が起きた。

おれたちにじゃない。樹にだ。

◆

後期夏期講習とともに夏休みが終わると、アトリエはいつものスケジュールに戻《もど》った。

平日の夕方は高校生と中学生の講習、土曜日も講習で、午後から講評だ。

おれと草太と佐川先生は土曜日だけ四階に通っている。三階にはほとんど行かないけど、たまに、イーゼルを取りにいったりすると、部屋の空気が前とは違《ちが》うことを感じる。みんな、真剣《しんけん》だ。自信満々で鉛筆《えんぴつ》を動かす人もいれば、悩《なや》んだ顔で自分のデッサンをじっと見つめる人もいる。

樹は、前と変わらずに、冷静な顔で描《か》いていた。その姿は、おれにはつらいものだった。おれと樹の進む道が違うってことが、はっきりしたみたいで。だから、樹とは顔を合わせないようにしていたのに、その日は樹の方から四階に上がってきたのだ。

「新堂樹君、何か用？　買うものがあるならさっさと買って、メモして帰ってくれよ」

「何も買わないよ。用がなきゃ、来ちゃいけないわけ」

あれ、こいつ変だな。目に、いつもの挑戦的《ちょうせんてき》な光がない。でも、特に話をしたいわけでもなかったから、だまって絵を描《か》いていたら、樹は、おれの横のあいている椅子《いす》に座《すわ》った。そして、だまっている。なんなんだよ。気が散るなー。

ときどき、三階からミサキ先生の大きな声と、みんなの笑い声が聞こえる。

「講評やってるみたいだけど。戻《もど》った方がいいんじゃねーの」

そう言うと、樹はぽつっと言った。

「ぼくも、受験よそうかな」

「うまく描けなかったのか？」

樹にそんなことがあるとは思えなかったが、一応聞いてみた。

「いや、うまく描けたと思う」

やっぱりいやなやつ。ほんとに早く行ってくれよもう。

「なんだか、つかれちゃって」

「休めばいいじゃんか。帰って寝《ね》ろよ。そしたらつかれも取れるから」

「そういう、いい感じのつかれじゃないんだよ」

「はあー？　じゃ、どういう感じのつかれなんだよー」

おれがイライラしていると、草太が横から、あきれた声で言った。

「万里、そんな聞き方じゃ何も話せないよ。ねえ樹君。言いたいこと、言ってみたら」

草太のいやしオーラにうながされて、樹は話し始めた。こういうことらしい。

今日は静物デッサンの日だった。いつもどおり、順調に描《か》いていた樹だけど、急に、自分のデッサンには何かがたりないと思ったのだという。何がたりないのかは、わからなかったという。それで、市野さんのデッサンを参考にしようと思ったという。

樹が、自分から市野さんのことにふれるのにはびっくりしたが、それだけせっぱつまっているんだろうと、おれも静かに聞いていた。

市野さんのデッサンは、今日は特にすごかったという。樹は瞬時《しゅんじ》に、どこがどうすごいのかを理解して、自分のデッサンに取り入れたという。そしたら、うまく描けたという。……って結局、自慢話《じまんばなし》じゃんか。

「さすが樹君だねえ。瞬時に理解して取り入れるとか、すげー」

「でも、自分のデッサンと市野さんのを比べてみたけど、何かが違《ちが》うんだ」

「市野さんよりうまく描けなくても、芸大目指すんじゃないんだから、いいじゃんか」

「その芸大だけどさ。何が違うんだろうって思って、市野さんに聞いてみたんだ。何を考えてデッサンしてますかって。当然、芸大に受かるための対策を考えてるとかだと思ったんだけど、市野さんは、楽しいから描いてるって。そもそも受験もどうでもいいんだって」

え。受験がどうでもいいなんて、じゃあ市野さんはなんで、ここに通ってるんだ？

しかも、誰《だれ》よりもできのいい生徒がそんな発言をしたら、ミサキ先生だって困って……。

「あ」

おれは、ミサキ先生の言葉を思い出した。受験の先をどうしたら教えられるか、ってやつ。もしかして、市野さんにはそれが伝わってるんじゃないか？

樹は、おれがそう考えていることまでは読めないから、自分の悩《なや》みの続きを話し続ける。

「そんなのあり？　ぼくなんか、受験のためだけにデッサンをしてるのに。美芸に入れたとして、入ってからどんな絵を描《か》きたいかなんて、今はとてもそれどころじゃ……。いや、それがぼくにたりないものなのかな……」

樹、よくそこに気がついた！　ミサキ先生も喜ぶぞ。

でも、なんて言えばいいんだろう。樹のプライドを傷つけないように言うには……。

「森山君は、いいね。好きな絵を、そうやって自由に描けて」

お、来た来た。

「おー、自由だよ。すごい自由で楽しいなっと。新堂樹君もさあ、自由に描けば？　ほら」

おれは椅子《いす》をずらして、カルトンをひざに置けるくらいのスペースをあけた。樹もここで描けば？　ってつもりだったのだ。

だが、樹は椅子にかっちり座《すわ》ったままじっと床《ゆか》を見ている。

「自由に描《か》くとか楽しいから描くとか、それってどういうことなの？」

「え？　うー。……自由にってのは、楽しく好きに描く？　とか？」

答えになってない……。三階からまた笑い声が聞こえてくると、樹は聞きたくないというように頭をかいた。それから、下を向いたまま、話しだした。

「うち、両親とも美大出なんだ。二人とも、ぼくには好きなように絵を描いてほしいって言うけど、ぼくの絵に必ずダメ出しするんだ。それで好きに描けって、ありえないでしょ。いったい、どんな絵を描いたらいいわけ？」

意外な樹の悩《なや》みだった。マチスやルソーのように、樹にもそんな苦労があったとは。うちの家族は誰《だれ》も美術に関心がないから、おれの活動についても放置だけど、それっていいことだったのかもしれないな。いちいちダメ出ししてくる両親がいたんじゃ、そりゃ窮屈《きゅうくつ》かもな。

……もしかして、樹は本当に受験をしたくないのかな。あんなに誰よりもがんばっていたのに？

今、樹の中では、けっこうたいへんなことが起きてるんじゃないか？

おれは草太に助けを求めようとしたが、草太はすでに、おれと樹の会話から離脱《りだつ》してシュークリームのキャラを描いていた。ミサキ先生は三階で講評してるし、佐川先生はこの大事な時にスケッチにでかけている。おれは、ない頭をふりしぼって考えた。

その時、ものすごいタイミングで窓の「看板」が一枚、ぺらっとはがれ落ちた。……これだ！

「新堂樹君。きみに頼《たの》みがある」

「……何？」

「窓のきたない紙の看板が、今、落ちてきた。いいかげん新しいのにしてくれっていうアトリエからのメッセージだ。だから、新しいのを描《か》いてほしい。おれたちの展覧会までに」

おれは立ちあがって、窓にはられている残り七枚の紙を順番に指さした。そう、「有川岬　美術研究所」っていう、あの紙だ。こんなものでも、ちょっとは樹の気晴らしになるんじゃないか？　樹はとにかく、今は受験から離《はな》れた方がいいんだ。

それにミサキ先生も、この古い紙はいやだって言っていた。樹が新しい看板にしてくれたら、すごく喜んで、樹をほめるだろう。そして樹は、自信を取《と》り戻《もど》すことができる。

「これを、ぼくが一枚ずつ描くの？」

「そうだ。今のやつは、ミサキ先生が新聞の字を拡大コピーしただけっていう、おそまつなものだ。こんなのより、樹のかっこいいデッサンみたいな字の方が、ずっとアトリエのためにもなる。だから、自由に描いて……っと、樹が好きなように楽しく……っと、じゃなくて」

おれは言葉選びに焦《あせ》ったが、樹は意外にも紙の看板を集中して見ていた。いけるか？

「自由にっていうけど、看板なんでしょ。字に見えないとだめだよね？」

「いいのいいの。誰《だれ》もこんなの読まないから。それより、外歩いてて、『おお、あれなんだ？』っていう衝撃的《しょうげきてき》な紙がはってあったら、かっこいいじゃんか！」

おれは言い切った。行き当たりばったりみたいだが、おれにも考えはあった。おれが字なんか描《か》いたら、字に見えなくなる。でも樹だったら、いくら自由にと言われても字らしく描くだろう。おれはそうも読んだのだ。その読みが違《ちが》っていたとわかるのは、もっとあとのことだ。

◆

次の土曜日、おれがアトリエに行くと、樹はもう四階に来ていた。

窓に八枚のラフスケッチをテープではって、ながめていた。これからどうなるのか、おれにはさっぱり見えない。でも、樹の中には、きちんとした計画表でもあるみたいだ。ずっとながめていたかと思うと、いきなり紙を一枚はがして、カルトンに置いた。

さくさくさく　さくさくさく
鉛筆《えんぴつ》を同じ速さで走らせる音が響《ひび》く。樹が集中しているのが、音でわかる。

「あ、ごめん。森山君も描きたい？」

おれがずっと樹を見ていたので、樹はあわてて言った。

「いや、いいよ。おれは、描《か》いてるものがあるからさ」

「あの空と雲のデッサン？　でも、もう何枚も描いてるよね」

「そうなんだけど、まだ描きたいっていうか……」

言われてみれば、もう二十枚も描いた。でも、描いても描いても、やった！　って気にならない。描けば描くほど見えてきちゃうものがあって、次はもっと……って感じなんだ。

近頃《ちかごろ》は、学校に行く前にも空を五分でスケッチしている。先週、朝の空と雲がすげーきれいな日があって、「これは描かなきゃ！」って思ったのが始まり。五分だから、ささっとだけど。

そうこうしているうちに、デッサンは二十五枚を超《こ》えた。樹も看板を描いていたみたいだけど、おれは、樹のことは頭からすっかり消えていた。同じ部屋にいるのに不思議だけど、樹の方も、おれのことなんか忘れていたと思う。

ミサキ先生も、この頃じゃ「儀式《ぎしき》」がなくても絵に集中できるようになって、他の誰《だれ》が何をしていようと関係ないって感じだ。そのミサキ先生は、ある日、おれの横に来て言った。

「万里君、この頃、雲の線がいきいきしてきたね」

ミサキ先生、関係ないような顔をして、ちゃんと見てくれていたんだな。

「そうすか？　雲なんかに、いい線も何もないと思うんですけど」

そう。ほめられたのはうれしいけど、実際、そうじゃないだろうか。人体や石膏像《せっこうぞう》だったらいい線ってのもわかるけど、雲ってふにゃふにゃで……。

「そんなことないよ。線に迷いがないもの。そういえば、おうちでもスケッチしてるって言ってたわね。それが、短時間で特徴《とくちょう》をとらえる訓練になってるのよ」

あれが、訓練になったのか。時間がないから、ポイントだけを描《か》いてはいたけどな。

それに、誰《だれ》にも言ってないけど、家でひそかに手のスケッチもやってる。人の目を気にしなくていいし、自分の手だから何回でも気楽に描けるんだ。それも役に立ってるのかな。

「万里君、物を、物としてとらえられるようになったのかもね」

「え」

物を物としてとらえられるようになった。それ、おれが最もできなかったことじゃないか。

(じゃあもしかして、受験、できるんじゃ?)

おれの中で、もう一人のおれが言った。おれはその言葉を、ひとごとみたいに聞いている。

ジュケン、デキル?

だめだ。頭が整理できない。ぼーっと前を見たら、本棚《ほんだな》の陰《かげ》から樹がこっちを見ている。手で、おいでおいでをしている。本棚の後ろまで行くと、樹はうれしそうに言った。

「できたよ。まだ一枚だけだけど」

「できたって……看板が?」

本棚《ほんだな》の後ろに、一枚の紙がはってある。描《か》かれているのは、どうやら大きな「川」の字らしい。らしいっていうのは、とても字には見えないってことだ。

「川」の三本の線それぞれが、まったく違《ちが》うテクスチャーで描き分けられている。

いちばん左側は、白と黒のストライプ。縞模様《しまもよう》がガラスに映《うつ》り込《こ》んでいるみたいだ。真ん中はひたすら、食パンのぶつぶつみたいなのがぶつぶつぶつ。今までテクスチャーを描くのをがまんしていたのだろうか？　そう思えるくらいエネルギーが爆発《ばくはつ》している。

いちばん右は、目がたくさん。

「うわ、これなんだよ。不気味……」

「あばたのビーナスの目。ぼく、あの目が好きでさ、気の済むまで描いてみたかったんだ」

「言われてみれば、たしかに。ま、おれは、みみりんの目だと思ってたけど」

「違うよ。これは、まなみーの目。みみりんよりずっと品位がある」

樹はそう言うと、メガネの奥《おく》できらっと目を光らせた。

お、勝負しようってのか？　なんて思ったが、樹に樹らしさが戻《もど》ったのはうれしかった。

ライバルが元気になってうれしいって、おれもずいぶんお人よしだよ。

それにしても、これを樹が描いたとは。これまでの樹の、優等生的デッサンとはまるで違う。

全体がはちゃめちゃだ。川っていう字はただでさえ字に見えにくいのに、その背景は真っ黒で、星や惑星《わくせい》が描《か》かれている。やけにリアルで、映画のＣＧみたいだ。

「森山君、どう……かな」

「……いや、すごくいい」

そうなのだ。はちゃめちゃだけど、いい。樹という宇宙に吸《す》い込《こ》まれていくみたいだ。

「よかった。ほっとした。なんかもっと、描きたくなってきた」

「おお。描いてくれ描いてくれ」

おれも明るい気持ちでそう返したけれど、はっとした。そういえばこれ、看板なんだ。かんじんの字が字だってわからないけど、いいのか？　でも、せっかくやる気になってる樹に、もっと字らしくしてくれなんてとても言えない。けど、これをミサキ先生が見たら……？

「万里君、これのどこが看板なの！　だいたい受験前の樹君にこんなもの描かせるなんて、どういうつもり？」

そんなミサキ先生の声が、今にもがんがん聞こえてきそうで、おれはふるえあがった。

◆

展覧会は、十月の連休前の土曜日から始まった。

講評のあとで、ミサキ先生が三階からみんなをつれてきた。それが、オープニングだ。

みんな、四階に入ってくると、わあっと歓声《かんせい》をあげた。

入り口で迎《むか》えるのは、ミサキ先生の作品。先生はあれからひたすら線を引き続け、大きな紙全体が空の色、という作品を仕上げた。空といえば空に見えるし、他の景色にも見えてくる、不思議な作品だ。何よりも、美しい。先生が表したかった「きれい」が、この絵にはある。

おれは、絵が銀座のギャラリーに飾《かざ》ってあるところを想像した。

かっこよかった。ニューヨークでもパリでも、世界のどこでも、この絵は有川岬の絵なんだってわかるだろう。それは、絵がミサキ先生自身だからだ。

佐川先生の絵は、そのミサキ先生の作品の隣《となり》にひっそりとあった。佐川先生の絵もあたたかくてよかったが、小さな作品だから、巨大《きょだい》なミサキ先生の絵の横じゃあ、ほとんど目立たない。それでも佐川先生は、とても誇《ほこ》らしげな顔で絵の横に立っていた。

そして、おれが最も心配していた八枚の看板だが……。

樹は結局、「川」だけじゃなくて、全部の字を自由に描《か》いてしまった。展覧会の始まる日の朝も、おれは一人ではらはらしていたが、樹は平気そうな顔で、八枚を全部、窓にはった。展覧会なので、みんなに見えるように、こちら向きに。

そのすぐあとに、ミサキ先生が入ってきた。そして窓を見たとたん、叫《さけ》んだのだ。

「何これー、すっごくいい！　かっこいいじゃない！　ね、ね、描《か》いたの誰《だれ》⁉」

その時の樹の表情を、おれは本当にうらやましいと思った。はずかしそうで、うれしそうで、今まででいちばん自信に満ちた顔だったんだ。

みんなも、わーわー言いながら窓に近寄って、樹の宇宙を堪能《たんのう》していた。

展覧会は、こうして成功した。どの作品も好評だった。おれの作品をのぞいては。

みんな、おれのには、なんて感想を言っていいかわからないらしかった。最初の一枚だけ「わー、すごいねえ」なんて言って見て、あとの二十九枚の前はそそくさと通りすぎるのだ。

無理もない。同じようなデッサンを三十枚も（あれから、また増えた）見せられたら、誰だって飽《あ》きるだろうし、だいたいおれのデッサンだから、うまいとも言えないし。

草太のシュークリームのキャラなんか、女子の間で「これほしいー」と、異様な人気なのに。

このキャラも、草太自身ってことなんだろうか。そこがいいのだろうか。

草太だけじゃない。佐川先生も佐川先生らしい絵を描いていて、そこがいい。おれだって、この空と雲のデッサンはおれらしいと思って描いてきた。でも、誰にも認められない。

そう思うと、三十枚のどれもが悲しい絵に見えてきた。グレーの空から雨が降ってきそうだ。

おれの目にも、じわじわと涙《なみだ》があふれてくる。え、泣く？　……何やってんだおれ。

いつのまにか、樹が隣《となり》に立っていた。

「ぼくには、描《か》けないな。ぼくは、一枚描いたらそれで終わりって思っちゃうから」

「そうだよな。へたなうえに同じモチーフを何枚も、ふつうやらないよな」

おれは、目をこすって涙《なみだ》をかくし、樹の「看板」をながめた。八枚どれも、本当に好き勝手に描かれていて、それがすごくいい。これが樹なんだな。

ヒーローは樹だ。おれは、樹にこの絵を描かせるためのわき役だったんだ。いや、おれはアトリエに来たあの日から……わき役だった。

「もういいからさ、他の人のを見にいけよ」

「森山君、ほんとにわかんないの？　これ、すごくいいんだよ。この三十枚には、森山君の悩《なや》んだ毎日や楽しんだ毎日が、そのまま表れてるよ」

「悩んだ毎日？　まあ、へたさに悩んではいたけどな」

なんて言ってみたが、たしかに悩みつつも楽しかった。そうじゃなきゃ、面倒《めんどう》くさがりのおれに続けられるはずがない。でも、それが絵に表れてるってどういうことなんだ？

「この三枚目と四枚目、空の濃《こ》さが違《ちが》う。三枚目の時は悩んでて、四枚目でふっきれたんだ」

そうだっけ？　いちいち覚えてない。

「この二十五枚目と二十七枚目の雲も、形は似てるけど迫力《はくりょく》が違う。二十七枚目の時に、森山君は何かで自信をつけたんだよ」

樹は、勝手におれを分析《ぶんせき》していく。そういえば、二十七枚目のデッサンをしてる頃《ころ》、ミサキ先生に「物を物としてとらえられるようになった」って言われたんだっけ。

「このデッサンは、森山君の日記みたいだ。森山君の心がそのまま、ここにある」

樹はうれしそうに言った。変なやつ。自分の絵じゃないのに。

あ、樹の顔、シュークリームを食べてた時の草太の顔に似てるかも。

それって、樹が、おれの絵を見て、幸せそうな顔になってるってこと？

そう思ったら、

「……ありがとう」

口から、ぜんぜんおれらしくない言葉が出てきた。「ありがとう」だって。まじか、おれ。もしかして、おれも、幸せそうな顔をしてるのかな。

樹は顔を赤くして、照れかくしのように話しだした。

「な、何それ。でもさ、森山君もよくやるよね。日記ってふつう人に見られたくないじゃない。素《す》の自分を出すんだからさ。やっぱり、ぼくにはまねできないね」

「それ、ほめてんのかよ」

樹に文句を言いながら、おれはうれしかった。このデッサンは、おれそのものなんだ。おれは、ここからスタートできるんだ。

おれは、大きくのびをすると、深呼吸をした。

「新堂樹君、おれも追いつくぜ。待ってろよ」

「待ってろよって、どこで?」

え、どこで? どこだろう。おれは美芸には行けないし、芸大にも……。

樹は笑うのを必死でこらえている。なんだよ、ギャグかー。

「ふっ。世界だよ。世界を舞台《ぶたい》に、おれはこの空のようなビッグアーティストになって」

言いながら、おれは吹《ふ》きだして、樹も笑いだした。ゲラゲラゲラゲラ、おれたちはどうしようもないくらい笑いあった。まわりのみんなが変な顔で見るけれど、平気だった。

二人で笑えば笑うほど、世界はどんどん大きくなるのがわかったから。

協力
青木一香氏(沼津美術研究所)

著

小林深雪《こばやしみゆき》『女子力なんてない!』

3月10日生まれ。魚座のA型。埼玉県出身。武蔵野美術大学卒業。ライター、編集者を経て作家に。講談社青い鳥文庫などに100冊以上の著書があり、10代の少女を中心に人気を集める。漫画原作も多数手がけ、『キッチンのお姫さま』で、第30回講談社漫画賞を受賞。

落合由佳《おちあいゆか》『兄弟前夜』

5月19日生まれ。牡牛座のA型。栃木県出身。法政大学卒業。『マイナス・ヒーロー』で第57回講談社児童文学新人賞佳作に入選し、デビュー。2018年、2作目となる『流星と稲妻』を刊行。

黒川裕子《くろかわゆうこ》『夜の間だけ、シッカは鏡にベールをかける』

9月28日生まれ。てんびん座のO型。千葉県市川市在住。京都外国語大学学士(日本語学)、エディンバラ大学修士(犯罪学)。『奏のフォルテ』で第58回講談社児童文学新人賞佳作に入選し、デビュー。

大島恵真《おおしまえま》『空、雲、シュークリーム、おれ』

12月14日生まれ。射手座のA型。武蔵野美術大学基礎デザイン学科卒業。制作会社にライターとして勤務後、フリーのライター、イラストレーター、ブックデザイナーとして活動。『107小節目から』で第58回講談社児童文学新人賞佳作に入選し、デビュー。

絵

牧村久実《まきむらくみ》

6月13日生まれ。双子座のA型。東京都出身。デビュー以来、多くの漫画、さし絵を手がける。とりわけ、小林深雪先生の小説のさし絵は100冊を超え、名コンビとして知られる。著作に『夢みることは やめられない』(講談社KCデザート)など。

装丁　城所潤(Jun Kidokoro Design)

収録作品はすべて書き下ろしです。

YA! ENTERTAINMENT
YA!《ワイエー》アンソロジー
わたしを決《き》めつけないで
小林《こばやし》深雪《みゆき》
落合《おちあい》由佳《ゆか》
黒川《くろかわ》裕子《ゆうこ》
大島《おおしま》恵真《えま》

2018年12月18日　第1刷発行

N.D.C.913　222p　19cm　ISBN978-4-06-513911-0

発行者　渡瀬昌彦
発行所　株式会社講談社
〒112-8001
東京都文京区音羽2-12-21
電話　編集 03-5395-3535
販売 03-5395-3625
業務 03-5395-3615
印刷所　豊国印刷株式会社
製本所　大口製本印刷株式会社
本文データ制作　講談社デジタル製作